CCOMME CÉLIBATAIR

獨身 ACROPOLI

ISBN978-986-95334-0-

字母會 C→獨身　　衛城
初版一刷二〇一七年九月
下回預告●●　　D→差異

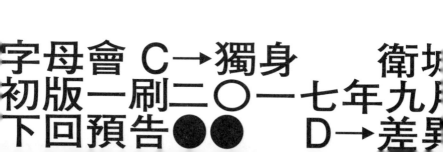

C COMME CÉLIBATAIRE

目次

C如同「獨身」

C comme Célibataire

楊凱麟

獨身

C

字母會

書寫是為了創造「不被認識之物」，為了從所有「已知」中逃逸，為了失去臉孔，為了能不再被既有建制（文學評論、學院研究、寫作典範……）所指認、命名與分類。

這是置身絕對孤獨的狀態，創作者的「獨身條件」。

如果書寫指向嚴格意義下的創造（強虛構），那麼就絕不只是為了精確與固定既有想法，不只是為了證成或總結已知經驗，更不是美文與修辭的推敲，相反的，它僅為了樹立一座話語的迷宮，一座甚至書寫者自己都迷失其中、抹消臉孔的複合虛構。消失、逃逸、迷失、背叛、形變、冒險、匿名、無臉孔、游牧與安那其，當代哲學在論及書寫時不約而同地提到這些乍聽下有點費解的詞彙。這些詞彙並不簡單地僅只是某種書寫技巧的表現，更非書寫的內容與情節，而是創作的必要狀態。

「獨身書寫」使創作成為形上學平面上的對決。它不是某一作家的特殊怪癖，不是個人的習性或軼聞，而是欲勾劃一塊得以基進表現創造性的特異場域。獨自一人，既非加入既有典範行列，亦非附和當前潮流，更不是扛起任何派別或主義的大旗，這是創作僅剩的可能條件。

布朗肖的《文學空間》因此以這句話全面啟動：

「當我們感受到孤獨這個詞要意味什麼，似乎我們就學到一些關於藝術的事。」

這裡的孤獨不是寂寞，不是無聊，更不是孤高靜心的修養，而是源於由既有建制、定義、認同與概念中不斷逃逸的決絕意志與強度驅力。書寫者命定成為一臺獨身機器，然而孤獨並不等同於荒蕪，而且剛好相反，正是在文學作品中才總是有著極端稠密的獨身條件，在此探測著虛構的無限性與極限值。

書寫與閱讀都同樣必須進入這種「作品的孤獨」之中。在這種孤獨裡，做為讀者，你發現你再也無法用什麼後現代主義、後殖民理論、解構哲學、現象學、存在主義……來理解作品，因為作品背叛，它因背叛而「在」；而做為作者，你發現任何主義與哲學都再不能為你的書寫所套用，因為作品背叛，它因背叛而「在」。面對作品，不管是讀者或作者都必然陷入「空無寂靜」之中，都必然感受到孤獨這個詞意味著什麼，然後，布朗肖說，你或許可以學會一些關於藝術的事。

書寫無非是「有虛構」，其總是獨身存在並弔詭地滿溢「孤獨之繁花盛開」。

獨身

Célibataire

黃錦樹

獨身

字母會

隱遁者在晨霧中走出了樹林。太陽還沒出來，大霧瀰漫中不見人影。即便有人走過，也要靠得非常近方能辨識出來者何人。再一會，就會有割膠工人三三兩兩地走過，有的騎腳踏車，有的嚤哆車。嚤哆車速度快，又開著燈，聲音又大，是不難閃躲的。腳踏車卻近乎無聲，除非它的煞車出了問題。因此只有這時候他敢於把腳踩在路面上。好幾個月沒下雨，黃土路久經輾壓乾硬得像石塊，踩起來有一種分外的踏實感。最近他喜歡上這種感覺，每晨霧中出來踩踏路面，甚至在大霧庇護中走上一小段，到上坡處的土墩頭那裡，遠遠地眺望猶在夢裡的小鎮。

有時在霧中與馬來人印度人探身而過，都是很老很黑的人，也都會和善地和他點點頭。他們似乎並不以他的樣態為異。

大部分時間他都躲在樹林裡。多少年了？時間是他最早拋卻的事物之一。

自從戰友們接受政府的條件把鎗械燒毀之後，他就決定離開那些人，以自己的方式繼續未了的戰役。他是極少數堅決反對和平協議的人，認為那是投降之舉。因此竟然被抓起來，關在地洞裡的禁閉室，一直到他們簽了約、盛大地慶祝——他真不懂，失敗有什麼好慶祝的。之後他拒絕和他們留在和平村，也拒絕向大馬政府填寫那一堆羞辱人的投降表格。還好邊境穿越對他來說不是什麼難事。那麼多年的叢林戰爭，如果連這樣也失敗，只能說真是一敗塗地，也只好認了。就在他被從禁閉室放出來的那個夜晚，還好運氣不錯，是個新月的夜晚，勉強看得到離開的路。只帶著小刀、鑷子，戴了數十年的紅星帽，幾乎薄得快穿底的軍靴，自己剝了四腳蛇皮做成的皮帶（雖然褲頭帶已經嚴重地鏽蝕了）。他小心翼翼地沿著森林昔日作戰的舊道路，穿過那一小片叢林，摸索著來到標誌國界的斷崖，泅過冰冷的河，從一處隘口潛入——他預估，和平協議一簽，那些懶惰的馬來兵就會放假去了，只剩下空蕩蕩的崗哨。然而崗哨在清冷的月光下感覺荒廢已久，長滿野樹雜草。他驀然想起，部隊確實許久沒有跨越大馬國境了。

霧漸散，他退回林子裡。他的赤腳落在河岸的沙地上覺得十分冰冷，於是逆流涉水退到林子深處，一座小山丘上，那一帶有一片無主的雜木林，他在一棵野榴槤樹上築了個巢。廢木板和塑膠布都是姊姊給的，在千百次哀求他和她一起住讓她的兒女照顧他不成之後，他們做成的妥協。他還給自己做了道繩梯，僅供自己使用。

他有時躲藏在某棵樹上多時，靜靜地觀察從路上走過的人，儘管沒有一個是認識的；更多時候是泡在河上游盡頭的那一片沼澤，在深紫色的睡蓮田田的葉之間。模仿魚、蛙、烏龜和水獺，有幾窩水獺已完全接受他的存在，魚捕多了常會丟一尾給他分享。但他有點受不了水蛭、蚊子和馬蠅，一直想吸他的血，只好全身塗滿泥巴。那時他下身原本只圍一塊布了，但卵蛋常遭吸血蟲攻擊，只好套回破爛的內褲。為了吃食，免不了到處生火堆，叢林戰學來的鑽木取火，裝設陷阱抓山雞、水蛙和泥鰍。原以為隱遁的生活會很無聊，沒想到還真忙——如果一切生活所需都要靠自己去取得的話。因此他做了個艱難的決定：拒絕姊姊的一切糧食餽贈，除了鹽。這比當戰士時困難多了。那些年可是千方百計向民眾取得補濟。

開始那幾年，遇上連綿的雨季就慘了。生不了火，到處找山雞甚至四腳蛇的蛋。有時實在餓到受不了，只好摸到姊姊家，向伊要一碗熱粥吃，軟心腸的姊姊總是感動得流下淚來。已當阿嬤的姊姊一直叨念說，阿爸阿母有交代，小弟如有回來一定要照顧他。那塊地原本是留給他的。但她其實也不常到這破敗的老家，她鎮上有房子，有兒孫，平日只騎一輛破腳踏車。膠樹都請外勞割了（隱遁者知悉後很有意見，認為違反馬列毛的教誨，堅持要姊姊獲利的收成要分給辛苦工作的外勞——原本是園主外勞七三分）。伊原本就十天半個月才來一次，打掃打掃，同時檢查一下有沒有可以採回去的水果。弟弟回來後，她來得頻繁多了。但帶給弟弟吃的茶果餅乾他都不領情，兩個月後伊也失望得放棄了。

那時他滿臉鬍子、一身破爛地找到舊家——前前後後大概走了三個多月，沿路需（本能地）避開軍警（雖然紅星帽藏起來了），泰半走的是當年「七突」的舊路，靠的僅僅是兩條腿，在大山叢林裡亂繞。不料許多地方早就被開成油籽芭，他迷路了好幾回，還被迫剪開多處鐵絲網。還好隨身帶著鑷子，也遇到載油棕的好心的卡車司機堅持要載他一段，把他載往正確的道路。但一路上問東問西，讓沉默少言的他很不自在。尤其是「你是做什麼的」、「為什麼跑到這裡來」這種問題。有一個華人司機自以為幽默，竟然問他「是不是演戲時脫隊了怎麼戴這種帽子、穿這身衣服？」所有人都置疑他的帽子，後來只好藏在背包裡。

緊急狀態後父母為了等待他的歸來而重建簡陋鐵皮木屋，也為了割膠工作方便。他沒料到四十年不見幾乎不認得的老嫗姊姊，一眼就把他認出來了，而且又哭又跳，說這場景她夢到千百回了，沒想到弟弟真的活著回來了。但伊很快就弄清楚：他沒有經過合法的手續向內政部申請，因此可能會有些政治問題。伊試著和他溝通。但伊很快發現這個年紀一大把的弟弟不好溝通，他已到了一切都定型的年歲了。伊拉著他的手給父母的牌位上香，他乖乖順從。「有某囝麼？」

「十多年前在部隊裡有過女人，有過囝仔，囝仔就近送給人了。」

「可惜！」伊說，「為什麼不送回來我幫你飼？有法度要回來嗎？」

「不可能要回來，也不知道送去度位囉。」

伊多半會認為他不孝吧。「這是革命咧！」他心裡叨念。

「革命就要有犧牲！」

他表示不可能再結婚生孩子，也不可能搬到鎮上去，他絕不和資本主義妥協，也絕不向馬來西亞政府投降。他老了，要用自己的方式把戰打完。

「還打戰？不是投降了嗎？」

「他們全部投降了。可是我沒有。堅持了四十多年，怎麼可以說放棄就放棄！」他也拒絕與她同住，拒絕讓她挪用孩子給她的養老金來養他。他知道附近有一片原始林，他準備餘生都躲在樹林裡，靠自己過活。不再與世人往來。

他要苦修。

他要在森林裡挖個洞，快死時爬進去覆土埋葬自己。

「可是這塊地……」

「給妳！我是堅定的無產階級！」

他只要了必備的工具，除了蓋房子的廢建材之外，就是圓鍬（好挖洞）、水壺（燒熱水用）、開山刀（開路）、靴子（芭裡多刺）、火柴、繩子、剪刀（主要是剪頭髮、鬍子、指甲）、水桶、牙刷、肥皂……。隨著年深日久，他要的愈來愈少，牙刷用完了用樹枝，肥皂用完了用泥巴，靴子破了腳底綁廢輪胎皮，繩子完了用野藤。

他要求姊姊別告訴任何人他躲在這裡的消息。即使不得已告訴伊的兒女孫子，也要請他們保密，不要搞到讓軍警來搜山。他只剩下一把小刀，敵不過大軍，他也不想餘生都在坐牢。他還特別交待，如果有昔日的同志找上門，「尤其不要跟那些叛徒說我回來了。」

確實不曾有昔日的同志找上來。他們都忙著處理自己的餘生了。

原本在靠近姊姊的地上蓋了小寮子，夜裡以行軍時的方式燒火堆、掛蚊帳，但實在受不了姊姊的不斷騷擾，只好遷往深林裡的高樹。

後來更因為姊姊實在嘮叨，一直說幫他物色女人傳宗接代，柬埔寨的、越南的、緬甸的——雖然他聲言他的藍登記（身分證）早就丟了，伊還是糾纏不休說只要他點頭答應讓那女人懷孕其他的交給伊（伊暗示有錢好辦事）——隱遁者火大了，說妳不要逼我割掉自己那兩粒卵孵——同時宣布他不再跟她說話。他這一生的話說完了。

此後也不再跟任何人說話，禁語。

常不免遇到附近的膠工，那些人剛開始有點警戒，後來就對他如隨處奔竄的四腳蛇，視而不見了。

他當然不知道，這是她姊姊努力的結果。她逐一向周邊園子的住戶或工人做了說明，她的神經病弟弟（adikku sulah gila）在神經病院關了幾十年，最近放出來了。病差不多醫好了，只是自以為是野人（orang hutan）喜歡住在山裡，不與人來往也不愛說話。但他本性善良，不會害人，不會傷害人，不必怕他。鄉人觀察了一陣子之後，認為他姊姊所言非虛，確實是個馴良的瘋子呢。

隱遁者也會阻止小猴子玩膠汁，亂打翻人家膠杯之類的。

他學習各種鳥叫的聲，可以跟一隻喜鵲聊一個早上，和犀鳥相互對罵，從母雉那裡騙出牠下蛋處；雨後和各種蛙唱和，蛙卵蝌蚪他真餓時也吃的，沼澤裡隨時都有；他認識的猴子更多，剛開始那這裡的猴王還誤會他想染指牠國色天香的妻妾。（沒錯，有幾隻母猴屁股很紅時引誘過他，但他婉拒了。）牠們常造訪他樹上的窩，只是小猴子太常扯下遮雨棚害他淋雨；但他頭上鬍子上的虱子是猴友們幫忙清的，後來猴王堅持送他一隻被牠玩膩了遺棄的、身上多處掉毛的老母猴。看牠神情落寞，他一時心軟就收留了牠，還給牠取了個名字：orang。後來他也常和猴王一起吃山蕉、山榴槤、山紅毛丹，及一大堆只有猴子和土人才會吃的野果。老母猴見多識廣，愛吃蜘蛛蛋，他後來連鹽都不需要了。此後幾乎和姊姊斷了聯繫。也很少生火。少殺生。雖然還是會偷吃蛋。老母猴教他吃各種昆蟲的蛹和蛋，吃蚱蜢、螳螂和水蠆。

orang雖然老了，隱遁者還是趕不上牠爬樹、過樹的速度。從一棵樹到另一棵樹，他還是不敢直接在樹幹的尾梢上跳，還是得遛下來重新爬。還好老母猴畢竟薑是老的辣，有耐心，還教導他用樹藤，讓他想起在部隊裡看過的一部電影——《人猿泰山》，那是除了《鋼鐵是怎麼煉成的》、《長征》之外，戰士們最愛看的一部電影了。畢竟彼此都是山裡人。

還好牠屁股從來不紅。晚上睡覺時牠喜歡和他偎在一起取暖。看牠毛掉成那樣，他覺得很為難，覺得噁心，只好在人皮和猴皮之間夾兩片香蕉葉，以免被傳染皮膚病。那時他早已不穿上衣，內褲的破洞也和歷史的漏洞一樣多——連子孫根都包不住了，常被小猴子偷襲。

為了治療母猴的皮膚病，他曾經潛入姊姊家——她曾經告知鑰匙藏在哪裡，也為他準備了個藥箱，放了外感散喉風散治瀉藥等，以備他身體不適之需。不料小猴子大群湧入，翻箱倒櫃，還隨地便溺。他阻止不及。此後姊姊一度把房子換了鎖。他一直不定時地採些野果放在門邊的矮桌上，讓姊姊知道他還活著。

母猴畢竟是老了，皮癬不見明顯的改善，牠神情非常落寞。隱遁者幫牠理毛時稍微用力，牠的毛就整撮掉下來了。他看到牠的老人斑，鬆垂的乳房，泛黑的屁股，老祖母般的哀傷神情，心裡有一股說不出的滋味。

而隱遁者自己，多年沒理髮也沒剪指甲了（猴友們幫他咬成適當的長短），鬍子幾乎包裹住了他的臉，只露出眼睛和鼻子。腳毛胸毛都變長變黑，腳底也厚實堅韌而不需穿鞋了。

那些年裡，姊姊一陣子就會到隱遁者棲息的那棵樹下叫喚他，但他不常在，恰好在的話會遠遠地朝她揮揮手。

他有時會躺在小溪裡，頭枕沙岸，讓水流過身軀。或像浮木那樣飄浮在沼澤上，想像自己是隻無害的鱷魚。

大雨時仰臥地上，大字型攤開承接。

或把自己垂直「種」在挖好的洞裡，只露出一個頭，好讓身體和土地更親密地接觸。他冥想，深呼吸，吐納。想像自己與大地融合。感受蚯蚓的觸探。那有時甚至令他感受到性的刺激，而勃起，亢奮得發出呻吟，甚至射精。守候在一旁的母猴會顯得不安，會更急切地撥開他的亂髮找虱子。

有時是把自己斜插在土墩中間的洞裡，臉向上或者向下。那可以看到全然不同的景致。

那些年他在山裡各處挖了許多洞，以便隨時躲藏或者自埋。但大部分的洞都被野豬和蟒蛇占據了。沒關係，再挖就有。

他幻想有一天死了，他需要更大一點的洞。如果像植物的根莖那樣能長芽就好了，但顯然不可能，大概只有腐敗一途。

日子一天天過，也不知究竟經過了多少日子。

姊姊愈來愈少出現了。

有一天，天還沒亮就有人在樹下叫喚：阿舅、阿舅，阿母過身囉。他一下子沒意會過來。阿母，……是姊姊。他傻了一下，差點從樹上摔下。他吼叫數聲回應，引來滿山猴子回響。

他不知道的是，當那代人死絕之後，他姊姊的後人謹遵遺囑，把那小片地保留下來，讓它復歸森林。而不是如周邊小園主那樣都賣給發展商，開發成千篇一律的花園屋。幾乎已沒有人知道他是最後的馬共（包括他自己——他幾乎已忘了自己的名字），聽說「有個痟野人」的稍稍多些。但已經很少人有緣見到他，即使在大霧之中。

但有大清早開貨車來偷倒垃圾的人遭到他以石頭攻擊，車窗被打破了。但是沒見到襲擊者，只聽到某處樹梢搖響。黃昏時有個馬來少女放學回家途中被兩個埋伏已久的男子拉進草叢，一個壓制一個正待脫掉她褲子時，後腦遭到木棍重擊，隨後另一個也被打爆頭。少女回家時向家長說：一個味道很重很瘦全身毛的土人救了她。

在鄉村馬來人那裡，他已成了傳說的一部分。

野人的傳說。野生馬來亞人的傳說。

老母猴早就死了。他慎重地把牠埋進其中一個洞裡。臨死前牠對他笑了，還勉強伸手摸摸他的鬍鬚，他俯身親了牠尖尖的嘴緣。

有一天，他覺得非常疲累，好像一切事物都往下沉，連自己的影子都像鐵片那般重那般冷。感覺有什麼東西就要離開身體了，像蜻蜓離開水薑的軀殼。他知道那天來了。他勉強跳進其中一個挖好的洞，坐了下來，屁股壓在軟涼潮溼的泥土上，失去意識。醒來時發現那是個無比漆黑的夜，無星無月，一點幽藍的螢光來到他兩眼之間，有一點蜂螫的灼熱感，他腦中突然浮起一個字：物。像浮水印那樣。隨即感覺一陣大歡喜，一放鬆，乒乒乓乓卸下了一身骨肉。

（原篇名〈隱遁者〉，收錄於《魚》，印刻出版，二〇一五年。）

獨身

Célibataire

童偉格

獨身

C

字母會

凌晨三點，他離開旅館房間，要去舉報一場雨。他走過曲折的，鋪有地毯的長廊，摸上防火梯間的門把，推開，朝裡望望，看見整個防火梯間正在靜靜反潮。他踏進去，走下一片鐵鑄的泥濘，準備繞到一樓，穿過大廳，接近櫃檯，去找該在櫃檯後的那人。誰是那人？他不知道。那人的確切長相，聽他說話時是否會直視他雙眼，填申訴表時慣用哪隻手，種種特徵與慣習，當然，在未見之時，他皆一無所悉，其實也不在意。其實該說：他們不只一人，這些排班在櫃檯後輪值的人。他們有相當複雜的班表，對他而言，非常地不可預期，所以他不可能知道今天，現在此時，在這樣的凌晨時刻，誰將出現在櫃檯後，迎接他的舉報。

他記得，這幢開業一百零七年之久的旅館，櫃檯是全天候不打烊的。在搬入的第一天，他就在床頭櫃那本旅館導覽書裡，讀到這條說明了。第一天，他就將那本厚重的導覽書，連圖帶字從頭到腳啃完了。讀到那條說明時，他試算了一下：一百零七年連續不間斷的總和，該有幾個小時，因此得到一個相當遠望的數字。他覺得光這點，這幢旅館就堪稱偉大的了：百萬個連續不斷的鐘點，它擺布人在櫃檯後，這麼窩著孵著發呆著；就算再無心，櫃檯自身也該隨機接力出一種文明了。

他沒有學者症，不是非把所有上頭印有字的紙張，全都讀完不可的。之所以他去讀那本導覽書，只因他沒有更快理解這城市，或更快平息自己焦慮的方法：一路輾轉，他察覺了，在這講究細瑣律法，與書面條陳的國家裡，讓自己陷於對己身權益的無知是很危險的。權益，是的。說到底，更多個日子過去後，在這國家裡，他有意無意，把據在各種櫃檯後方的他們，全都當作同一人，也只是為了取得一個於己有利的對話位置。畢竟，他們全都操著相似口音，一種顯然經過遴選的標準口音。畢竟，這可讓一切顯得無關私人：對各種櫃檯，你提交填滿個人資料與訴願的表格；或者，你提出屬於你私領域的種種疑難，由他們填成各種有著標準代碼的表格。一個蘿蔔一個坑，一個櫃檯一個章，你看著代表你的表格，一關一關漂下去，融入錯綜的文書作業流裡，讓一切對立，看似無痕無縫，而你看著等著，也真的就無有情緒了。

這是這號稱全世界最自由民主，最重法治的國家，行使起來特別流暢的專業：不自由民主的事，就由法治來護航；一切監察，規訓與管理都儼然於法有據，厚實條陳，歸於沉默而龐大的行政建制裡。無關私人，對的，他記得，個人權益亦屬公共範疇，重點是你得找到客觀，淺白分明且於法有據的標準語彙來陳述。他這麼想著，思索著開場白，調整個人語音，穿過大廳，像要面對一位已站在那裡百萬小時之久的無面目之人。他走到櫃檯前，那人不在。

沒有任何人在當值，櫃檯是空的。他兩手撐在櫃檯上，踮腳，探頭搜尋。的確沒人：沒有放置任何像是「五分鐘即回」的告示牌，電腦關機，紙張整齊疊好，檔案夾一個個乖乖放妥，所有抽屜皆好好闔上；牆壁上沒有彈孔，沒有人倒在地上。像是打掃完畢下班去了的態勢。面對一片潔淨的空無，他發了一會愣。這片空無，不能說在他意料之中，也不能說意料之外，對他而言，就是無有情緒，像又證實一遍：有兩種情況，你會在他們面前顯得異常無知。一種，是你沒仔細研讀他們寫定給你的書面說明；另一種，是你把他們的說明仔細研讀，然後當真了。

他思索片刻，決定還是讓自己開心一點，於己較為有利。像他們最愛的淺白反諷，舉國通行的幽默方式，他看著眼前一切，決定讓自己像是看見這國家龐大而複雜的建制裡，有一個標準零件，在凌晨無人時分走脫了。他想像如何可能從一件事，連鎖反應到另一件事：從一名櫃檯人員的曠職，到一整個國家建制的崩塌。如何可能？努力想像這個過程，使他心緒安定不少。他需要一些事來想，需要一些字來讀，為了不要在一個彷彿攏聚所有黑暗於針尖之上的夜裡，自己將自己安安靜靜地逼瘋。黑暗是不會聚在針尖上，是不會被刺壞的，這只是他個人的感覺。但他最好不要繼續想這件事。他得專心去想曠職與崩塌。

他坐在空曠的大廳裡，一片植栽旁邊的沙發上，把自己埋在裡頭，縮成一顆球，或一名嬰孩。他右手掌貼著下巴，不時用指節扣扣自己的嘴唇，敲打到門牙時，發出喀喀的聲響。他就像一具對著自己，發動細細小小顫動聲響的思考機器。他的目光慢慢環顧過整個大廳，那些如今皆拉下窗簾的落地窗，眼前的玻璃矮桌，展示紀念別針的櫥窗，靜靜休眠的電梯口，發現一百零七年原來不算挺長，對一切無心的作為而言。他摸到褲子口袋裡有一個硬塊，拿出來看，是一顆乾電池。

喔對了，乾電池。喔對了對了。他想起來了：他是來舉報一場雨的。這場雨如今已經徹底停了，下來之時，當他望著那防火梯間，看見它正靜靜吐還溼氣時，他就確定了。這場雨下在今日，喔不，下在昨日的午後，他已經想過了，該用如何的語彙，來跟並無面目的那人，提報這場故去的雨了。

如果是對著那人，他就可以簡單說了。他不必為了避免誤會，而強調這場昨日午後的雨，並不是他自小在海島上慣見的夏日午後雷雨，或颱風雨。不，這是一場大陸型的暴雨，厚重而黝黑的積雲，像整裝出發的騎兵隊，刻意慢行以示威那樣扎扎實實踱過來的暴雨。積雲一從遠方平野上踱過來，風就停了。雨柱筆直傾瀉而下，雷鳴極響，但電光被包藏在積雲內，照不亮什麼。天就這麼乾脆提前黑了。

市政府發了警報，說明目前情況，要大家別出門，並把屋內所有電器插頭皆拔起來。他思量，這就是要他坐在黑暗的房裡等雨停的意思。他遵守規定這麼做了。他把房裡的燈，電冰箱，微波爐，電視機，等等能拔的插頭全拔了，一動不動，面窗坐著。他的窗戶，面對隔壁大樓的牆，這使得他的房間，有一種深井內的氛圍，給他帶來某種不安與焦慮。搬來第一週，他每天去櫃檯填一份訴願表要求換房。他猜想這些表格正漂流到哪裡。第二週以後，他就勸服好自己了；除此之外，他想不到更快解決這件事的辦法。現在，他跟貼窗的這堵牆，幾乎要變成朋友了。暴雨中，他看著牆面變成流瀑，帶著一些稀罕而粼粼的光，來到他面前，又彷彿流到他腳下，他以固定視角所望不見的黑暗裡了。他的四周也都是暗的，世界都暗去了，只剩下他，面前這堵正受洗禮的沉默朋友，以及隔在他倆中間的，這面不時被濺彈而來的雨點，給敲打得叮叮作響的窗。

叮，叮，叮。時間這麼一聲一聲，變得很慢很慢。他看著窗，看著牆，看著雨，看著所有他能看見的。當時間變得闃黑，巨大，但卻單純到可以一聲一聲，渾渾亮亮被放到針尖上去碎破時，你就會知道，會致命的，都是十分細微的：書桌上散亂的迴紋針，一句寫不出來的短詩，一個彎鉤型的小零件。

那架飛機就是因為這樣摔下來的，一個不稱職的小零件。其實所有飛機大多是這麼摔下來的。很久以前，他跟那人反覆提報自己，他說，小時候，他家住在離機場不遠的地方。那是一個如今想來很糟糕，根本不應該住人的地方（他是刻意說反的：那地方當然是先已住人了，後來國家才趕走了一部分人，建了機場的。他刻意說反，是想讓那人方便些）。且不論有回，有架飛機在降落途中爆炸了，殘骸，屍塊稀稀落落掛滿了他的村莊，讓他們闔村度過了一個相當驚悚的清明節（那人微笑）；平常無事時，那日日夜夜起降的噪音，也夠要人命的了。

他討厭飛行，長大以後他理解，飛行是最現實不過，最赤裸裸地表現出階級差距的一件事了（那人筆記）。不過，他轉換語調，他強調，在所有與飛行有關的意象或傳說裡，他卻仍只私密喜歡這樣一個實景：專程來看飛機起降的，充滿雀躍神情的孩子。

長大以後，他去過很多地方，在各個機場起起降降無數次了。無論機場的位址，是在國際大都會的邊陲，或國家廣大腹地的玉米田裡；無論這些孩子，是戴著黃色軟帽，正由教師帶領著在校外郊遊，或就穿著便鞋短褲，像是剛從酣長午睡中躍起，與玩伴們繼續奔跑於田野，只要飛機正降落在日光長遠的跑道上；只要一切景色，正在那小小舷窗上，向做為乘客的你不斷放大，你就能漸漸看清他們正向你招手，表示歡迎。彷彿你就是包藏你的，那龐然而複雜的飛行自身。彷彿你就是自由本身。他這麼說。

那人要開始分析了。那人說，上述如此纏繞的敘述，和如此驚人地單純的結論，在他心中並不衝突，大概因為在這一關於實景的想像性重構中，他同時既是那迎接的孩童，也是那抵達的乘客。所以這是一種對自己的相互承認：只有在一個你承認其為自由人的心底，你才會放心地被他認可為自由。

那人指出，這就是他內在的慰藉，隱密的維生之核：沒有航道，沒有時程，有的，只是這樣一段像跳針一樣，不斷慢速播放的起降影像；你不能確定，那該稱作疏遠，還是靠近。這就是你隱密的維生之核，這個「異常重要」，無論其單純單調，或矛盾纏繞，人有這樣的東西即好。這證明了：你想活下去。

其實他不怎麼明白那人全部的邏輯，不過看著那人點點頭，他也就打心底鬆了口氣。他最大的收穫，是學習到了一個那人時常使用的詞：承認。

這據說是一切人際關係中最關鍵的零件：被有愛之人承認為愛人；被正常之人承認為正常人。沒有這個，什麼都不存在。從那天起，這世界對他而言，某種意義上變得平鋪直敘了，話語對他而言不再是牢籠，不是因為那樣簡陋的東西，圈禁不了他；而是因為只有在那無數次虛空的話語指陳底下，他才存在。他理解了，所以他痊癒了，或終於被那人承認為正常，從今爾後可停藥了。

暗房之內，他被一陣尖銳的電子鈴聲吵醒。張開眼，循聲看見上方，天花板下，煙霧偵測器的紅燈正在放閃。他靜靜看了它一會，直到它不響了，而整個房間再次暗去。他起身，開燈，發現冰箱旁的地毯全溼了。他把臉貼在窗戶上，只看見另一個貼著窗的自己。他活動活動筋骨，開始收拾房間與收拾自己，把所有電器插頭皆插上，慢條斯理去淋浴，用微波爐熱食物吃，喝水，刷牙。在這期間，煙霧偵測器大約每小時大響一陣，只是大約，因為據他記錄，頻率是隨機的。它被雷雨打壞了，他這麼想。

該睡了，他想。他拉過椅子，踩上去，摸到煙霧偵測器，把偵測器裡的電池拔下來，放在桌上，兩個燒壞的燈泡旁邊。現在偵測器不會再亂響了。為了換這兩個燈泡，他填了好幾張申請表，他猜想這些表格正漂流到哪裡。故障情況有待承認。他關燈，拍鬆枕頭，理理被子，躺好。過了一會他坐起，思索著。有兩種情況讓他同等害怕：一種，是那偵測器沒事亂響；另一種，就是它有事不響。他起身，開燈，著裝，帶著那顆乾電池離開房間，前往櫃檯。

當然我是想活下去的。從長廊盡頭，房門口出發時，他對那人說：非常非常想，這是我餘生中，每一天，每一刻，每個動作裡，我最努力在做的一件事了。為了這件事，我可以一次次，將自己整理成一束束那同一無面目之人能懂，肯聽的話語；我已經具體就是我說出口的話，那隨時在變形的口音，音調與詞彙了。所以現在，我勇於再去填一張申請表，請求他們，或就是他，幫我更換我房裡的偵測器。

我是有耐心的：一切生活中的細碎，對我而言皆重要，皆關鍵，因為它們皆致命。如果那人要問，我甚至可以從頭舉報，從那場故去的雨說起，這代表我是有理性的，是能自己整理出事理的因由的。你能提出任何文件，證明你的個人狀況，確實不適合居住在那間房嗎？那人問。對的，在這國家，任何關於存有狀況的文件，都是必要的。他們總是需要你提出證明。我不能摘下那整個偵測器，不過我把它的心臟拔下來獻給櫃檯了，希望這有用。當然我不能提出任何文件，證明我不適合住那間房。因為這是一種迴路循環：假如我想要那文件，我就得再去看醫生，我得再跟他談話，他可能還得開藥給我。重點是只要這樣的療程一經啟動，我就會再次廢黜一種語言，如同我先前廢黜的那種語言一樣。我這麼說，你明白嗎。

他走在曲折的，鋪有地毯的長廊上，每一步都綿綿軟軟，無聲無息。他就在長廊上，與另一個回返的自己錯身。這個他返回房門口，站定，摸口袋，掏出一顆乾電池。他發現自己忘記帶鑰匙了。鑰匙是一張磁卡，插在他的錢包裡。錢包放在床頭櫃，那本厚重的導覽書上頭。他站在房門外，以那本書為軸，迴旋追憶自己房間的一切細節。一切都太過整齊了，他想，除了那張他剛剛爬起的床以外。沒有喝到一半的茶，沒有寫到一半的信，沒有任何一點細節，使這房間看起來，有一點像是主人剛剛離開，也許去散步，也許去會友，但肯定馬上就會回來的暖意。

但那是他的房間，他無法進去的房間。他轉過身，背靠門坐下，再次將自己縮成一團，再次遠望那輾轉曲折的百年長廊。他不願意悲傷，在還能活動的心中，他是能再次想像自己，正與更多的自己對望，而後相互承認與護擁一點什麼的。這是一個他：走出旅館，穿過空蕩的停車場，雨後的異鄉九月，寒冷一絲一縷貼在一切若有光照的地方，他揚揚長長繼續向前走。這是另一個他：穿過旅館大廳，跳進櫃檯後，代替那一曠職的小零件，去值這偌大而安定的國家，那毫無意義的夜班，像在自己的房間裡。這是一個最近即也最過往，執拗地要他去承認的他，他反覆提報給他：你無法放棄一種曾治癒你的語言，因我能為你細數的一切過往皆未完成。你的教養要我重複前人的道路，我參與與你有關的歷史，像同一名不斷被墮去的孱弱嬰孩。

獨身

Célibataire

胡淑雯

獨身

C

字母會

「你那樣對我，你剛剛那樣對我，是因為你太正常，還是因為你太不正常？」（小路，二〇一四）

我的名字叫作小冠，今年三十二歲，是一名持有粉紅色身分證的半男性，簡稱FTM，female to male，身處變性中途，荷爾蒙療程還沒走完，也還沒有動手術。我考慮接受摘除手術，拿掉卵巢、子宮與乳房。我偏愛不成體統的荒謬，勝過正統的荒謬，我不打算做重建，安裝一隻屌：第一、它太貴，第二、不好用，第三、替代物已經夠多了，形狀大小皆可換，而且很實用。假如不做摘除手術也能改換性別，讓我取得全新的身分證明，則藥物對我來說已經足夠。

我要說的這個故事，發生在三年半前，窮途末路的那個夏天。這故事牽涉到我的身體與一個男人。這個男人，就姑且叫他小路吧。

當時我辭掉工作，與辦公室絕交，離開了那個狹隘自負的小社會，自以為靠著一技之長就足夠，夠我踏出一條自給自足、心靈寬裕的小徑，透過網路接洽工作，寫程式，為線上廣告撰寫文案。但是我錯了。工作少得可憐，工資低得可笑，我在冗長的待業中不知不覺滑向失業，乾了積蓄，窩居在林森北路的一家女子三溫暖。我的前女友梅子，在這裡的櫃檯值夜班，她將義氣兌換成膽識，讓我在這溼漉漉的、霧茫茫的、香噴噴又藏汙納垢的女子仙宮裡，神出鬼沒度小月。白天我泡在連鎖咖啡廳，上網找工作，晚上十點以後趁著梅子當班，溜進去洗澡、睡覺。

三溫暖的計價以十二小時為單位，三百五就能打發一個晚上。午夜過後滯留不去的，許多是離家出走的中年太太，她們可以在烤箱裡進進出出閒聊幾小時，熟睡至打呼的程度。清晨三四點之後，附近的酒店小姐也會來放鬆一下，做做熱水浴，一邊罵客人，接著按摩兩小時，再敷上面膜，就著電視吃早餐。我總在隔日上午梅子下班前，赴櫃檯辦理離場，歸還衣櫃鑰匙，這時候，梅子早已動用了她的權限，將我的帳款歸零。我們的默契好到不必出聲，不必說話。梅子無聲的施予，我之無聲的拿取，像一場緩慢的告別，機巧卻不失溫暖地讓我認清了：我倆之間確確實實過去了，再也不可能了。

遇見小路這一天，與每個待業的日子同樣鬱悶。咖啡廳裡困坐著拉不到業務的保險員、房仲小弟、直銷下線。工整的西裝男子、裙裝女子，像一片片滯留的烏雲，不時發送簡訊，兜售著無人應答的希望，只待無窮的希望一一落空，替換成曖昧的求救信號。有人專心注視著滿盤的數字表格，逼求明牌。有人在交換福音。有人在研究股票。更多人在線上看影集。另有一個熟面孔，該是退休的年紀了，在附近的路口為新建的樓房充當「人體告示牌」，累了就回到咖啡廳角落的老位子，趴著小睡一下，桌上的冰紅茶原封未動，汪著酸楚的水漬，孤久站立的汗水。我埋首於電腦螢幕，一方絢爛荒蕪的機會之窗，隱隱聽見遠處的桌椅間，傳出輕鬆的談笑聲，忽而，一個高碩的人影覆上來，遮住了天花板刺眼的投射燈，對著我問道：「請問你是張婉宜嗎？」

嚇壞我了。張婉宜。我早就不叫張婉宜了。但是小路認得張婉宜，他是「她」大學時期的舊識。大三那年，張婉宜接下吉他社，他是「她」收進來的大一新生，長得高長得好看，為社團募到一串可愛的女孩，包括梅子。

「好久不見，記得我嗎？」他主動報上名來。

當然記得。他沒有變。我倒是變了許多。我不當女人很久了。落魄的人不喜歡撞見舊人，改穿男裝的我，對半生不熟的問候尤其厭煩。但是小路不慍不驚，笑意單純，拎起我的袖子要我出門陪他抽一根菸。

他說，「你這樣子很好看，很像你。」

我覺得這傢伙挺慷慨的，於是回他一句，「你也很帥。」

兩人頓時成了哥兒們似的，站在路邊吐著菸圈聊了起來。他穿黑色西裝，我穿格子襯衫。他西裝褲，我牛仔褲。他皮鞋，我球鞋。他剛當上執業律師，最近打贏了一場官司，我推說才剛辭去工作，正在思考下一步。我隱而未發的真心話是：我認清自己最大的不幸在於，空有藝術家的性格，但缺乏足以成就作品的才華與意志，退而求其次，進入廣告業，接受公司的豢養卻始終無法適應效率的專制，退出來之後，又悲哀地發現自己實力不夠，無法在制度的庇護之外謀得像樣的生活，於是自暴自棄，自棄至今。當時我二十八歲，想躲回學校裡，又怕考不上。

我與小路之間共有的稀薄回憶，無非他的前女友，曙芳。小路告訴我，曙芳後來都交女朋友，但她認為自己不是拉子，而是「隨性戀」。

「你還記得曙芳吧？」

我說記得。一個迷糊大氣的女生，一雙運動員的大腿，夏天穿熱褲，冬天穿更短的熱褲。

小路說：曙芳跟我分手之後，換了兩個女朋友，前年還拐了一個良家婦女，是真的拐了一個結了婚的大姊姊喔，帶著四歲的女兒跑去新竹，跟曙芳同居，對方的丈夫追去打人，還是我飆車去圍事的耶。

我：這樣說來，你們分得還算不錯，有事她還會向你求救。

小路：曙芳她媽怪我把她女兒變成同性戀，問我到底做了什麼。

我：所以你一見到我，就知道我是什麼了？

小路：嗯，聞得出來。

十幾分鐘以後，我與小路交換了電話，知道自己根本不會打給他。在成人的世界裡，說再見的方式，無非禮貌地留下臉書帳號，電子信箱，或手機號碼，自此分道揚鑣，奔向遺忘。怎知隔了兩個禮拜，七月的最後一個週末，我正打算斷了臺北，從三溫暖撤回屏東老家，還在考慮哪一天該走呢，就先接到小路的電話，邀請我共進晚餐。

相約六條通，粗獷歡騰的居酒屋，吧檯上方端著不大不小的電視機，播送著一齣過期的日劇，「年下之男」。因為自暴自棄的緣故，我決定至少今晚，僅此一晚，不說任何一句虛假的話，不再為了害怕遭受批判，吞吞吐吐遮遮掩掩，不再為了自保而委屈求和。不過就是一頓飯，一個幾乎陌生的人，這是自我鍛鍊的好機會呀，我當時是這樣想的。而小路回應我的，竟是一片清亮的坦率。他自嘲地翻出各式窘態，告訴我，他被酒店小姐詐騙了一大筆錢。

「律師大人，原來你也當過火山孝子，這故事真是太療癒人心了……」

我確實被他逗得很樂。

「當時我是真的相信，那個女生需要還債，我不希望她去找地下錢莊；

我把錢匯出去以後，她傳來簡訊謝謝我說收到了，再後來，她的手機就停用了。」

「你沒去追查她的下落？」

「查是查了，但是不敢太積極。這種事，傳出去會被人笑死，尤其我事務所的同事，我不能讓他們發現我是笨蛋。」

「你跟她有性關係吧？」

「只有一次，是委託人送的。」

「官司打贏的禮物？」

「嗯。公司債權，他主張九百萬，我替他要到一千五百萬。他在酒店開了包廂，辦慶功宴……」

「好玩嗎？」

「你好奇的話，下次我帶你去玩。」

「假如一輩子不打算結婚，也無法在世俗的規範底下對特定的人保持忠貞，花錢購買，搞不好是比較道德的一種方式。」

我們喝了許多酒，抽了許多菸，說了許多話，醉了一輪又醒過來，繼續喝。一夜建立的默契簡直要讓我們相愛了，不再需要以話語填充時間，有時靜靜地看著對方，再靜靜回到電視裡，那一對，不受祝福的戀人：女人五十幾歲，男人三十幾，他是她的「年下之男」。

那一晚，嚴格說來是清晨，我跟小路上床了。三溫暖不收醉鬼只是方便的藉口，我就是想要跟他回家。自暴自棄到了底，我總要拋棄自己至少一次，做一個晚上的「馬子」，最好讓我就此愛上，理直氣壯毀掉自己。他實在長得好美麗，而我好想試試自己的底線。酒精在我們身上各自起了不同的作用，催化了我的動物性，卻軟化了小路的陽剛。快感隨溫柔無限延長，成為無盡的皮膚，沒有射程於是沒有終點，直到天亮。

這是我第一次當女人吧，「你知道，那種意義下的女人……」在領受了小路的同時，當了男人的女人。「也是我第一次當處女……，你知道，那種意義下的處女……」小路枕著自己的手臂，對著天花板點頭，無聲地說我懂，我懂。

也許是孤單吧，純粹的肉體孤單，讓絕望變成大膽。失溫太久的我，需要人的體溫。以前聽梅子說，有些踢被老婆甩怕了，被現實累壞了，會上網釣男人，找個紳士伺候自己。大概就是這種感覺吧。

除了自暴自棄，捨身離開自己，或許也出於恐懼，恐懼即將加碼加重的荷爾蒙「治療」。於是通過男人的身體，對自己提出最後的質詢：你可以嗎？可以委身於強壯的男性，接受溫柔的豢養嗎？

也有那麼一點好奇。對這個曾經擁有曙芳的男人，感到羨慕，感覺可親。

事後，捧著宿醉的腦袋，喝著現榨的檸檬水，才得知小路也有他的孤寂。

他長得太好看，事業太成功，碰到的女人沒幾個真心，愛的都是表面風光。他說他對女人沒有信任感，還說，「正常的女人其實都不太正常。」

接著，小路將半滿的玻璃杯擱在額頭，癡癡望著天花板，眼神空空的，像是在回憶，回憶他經歷過的女人，又彷彿在思索，思索「這一晚」對他的意義、「小冠」(而非張婉宜)對他的意義，突然想通了什麼，幽幽地說，「我相信那個女人……，她叫Michelle，本名李靜慧；我相信，她是真的需要那筆錢。」我沒說話，小路也沉默了許久，直到門縫裡塞進熾熱發白的黎明，小路發出一種感冒般恍惚而低沉的聲音，對我說：

「你那樣對我，你剛剛那樣對我，是因為你太正常，還是因為你太不正常？」

我一時反應不過來，隨口丟了一句：我只知道，我不是正常的女人，所以，我應該不是「不太正常」的那種女人。

「你說什麼？」小路側過身來，將一臉的疑惑推向我。

「你自己說的呀，」我重複小路的話，「正常的女人都不太正常。」

喔，這樣啊。小路被自己搞糊塗了，但他不是計較語言的人，自顧自地繼續表達：「總之，你是我這兩年所遇到的，最好的一件事。」

小路說他從來不缺女人，再漂亮的女人他都經歷過，摸過整型的乳房，也睡過最光滑的皮膚。「但是只有小冠你，是唯一的真人。」那一刻，那一刻，我真心感覺自己得到祝福，低聲哭泣起來。我想到自己注滿化學藥劑的未來，遙遙無期實則尷尬多餘的變性手術。但小路讓我覺得自己是有資格的，有資格理直氣壯走下去的。

小路竟然墜落了，天天都想見面，真誠大膽直視我的眼睛，說出「我愛你」。我感動莫名，卻也更加確信自己沒有辦法，沒有辦法成為「男人的女人」。而小路如此美好，好得像一則標準答案，肯定不是我要的。寧願繼續否定，並且持續寬諒，這不成體統的世界；同時心安理得，以身作則，繼續做個不成體統的人。

「再說，他是這樣漂亮，有錢，太適合拿來滿足虛榮了，我怕我跟其他的女人沒有兩樣，只是眩惑於表面風光。」離開臺北之前，我向梅子告解，請她分擔我的祕密。

「其實你可以跟他借錢。」梅子說。

「不要。」

「假如你不好意思，我可以幫你開口。」

「我不會讓你知道他是誰。」是的，我沒有告訴梅子那人就是小路。我將這個祕密留給自己。

二〇一四年，八月的最後一個禮拜天，我在小路入睡以後，悄悄退出了他的被單，見他像嬰兒一般酣睡入夢，對這個多了「小冠」的世界，重拾了信任。小路睡得很安穩，我替他整了整被單，以指尖觸摸他的眉梢，摸到一層彷彿藍色的，夢的水滴。

小路，我在心底默默呼喊他的名字，小路，謝謝你，謝謝你在我身上施展的魔法，是你讓我重拾自己，把最重要的撿回來，就像當年的曙芳一樣。

我輕手輕腳套上襯衫，拉起褲子。熄掉檯燈，點上夜燈。

當夜燈的開關如聾似啞地彈起來，於深深的黑暗中給出溫柔的光暈，我對小路升出一股強烈的愛情，隨即預見自己終將拋棄這個男人。瞬間，我感到異常清醒，近似冬日的早晨醒來，鼻尖所感到的一種，命定的冷。

我知道答案不在這裡，不在這個男人身上，卻在找到這樣的答案之後，生出另一份渴望，渴望好好活到可以被人稱作怪叔叔或糟老頭的年紀，邀請我所愛的每一個人，與我共度新年的假期，或我的葬禮。而我此生的摯愛必然包括，此刻正喃喃夢囈的小路，我親愛的「年下之男」。

我撤出小路的房間，在客廳哭了一回，無聲地開門，鎖門，下樓，回到街上，走了好長好久的路，將整座城市的月光走遍。天色潮溼，颳起暖大的風，一團縝密的黑雲，在強風的穿扯下，自邊緣開始潰散。

最先崩潰的總是邊界。

人與人相離或相愛，必也先經歷邊界的崩潰吧。

儘管這座時而冷酷的城市，依舊高聳著她傲慢的頭顱，但是我雙腳落地，用力踏著她的心臟，再怎麼無動於衷，她總要聽見我的。

＊謹以這篇小說，獻給我的表舅，一個曾經是我阿姨的，半百老翁。

獨身

Célibataire

顏忠賢

獨身

C

字母會

那是一個廟，也是一個旅社。

但是，那裡其實不是廟，也不是旅社。

而且住在裡頭的他竟然堅稱他是廟公。

彷彿陷落在某種困局太深的那時光的她說……她以前有一個男朋友太古怪了……他常用一種亦正亦邪的古怪微笑露出臉龐時老會提起他阿嬤跟他說，每個廟都需要一個野臺來放戲，而天城旅社就像是野臺一樣，只是現在野臺不放戲，變成了一個像是在捉迷藏的地方，有人躲藏，有人當鬼。

他跟她說，他後來愈來愈喜歡這個廟，就像他後來已然是這座廟的廟公……因為在這座沒有鬼的廟，像沒有戲的野臺，但是又有些看不見的什麼在上演……雖然，後來，好像變成了一個人家以為老了的廢墟。但，這個廟不但……沒有廢，甚至，也沒有老。他說：那是我來臺北讀書時住的第一個地方，那個廟就長在天上，要去廟要經過我睡的地方，因為那一塊地都是我阿嬤的，以前曾經叫作：天城旅社，有過五十間套房，現在卻只住三戶，所以整條走廊全黑，荒涼近乎難以想像，他說到那區有很多廟也有很多麻煩，因為大多地方完全沒人住，但是他阿嬤完全不在乎，只是微笑地說……那是天意。

他說他印象太深的是裡頭太多長相殊異的神佛愈看愈古怪地躁動著……入口有一對水泥灌得很大隻的但卻長得一副病貓臉的漆金舊石獅，走更進去的拜亭所拜的神更為離譜更排列混亂的泥塑佛像……從刻得歪七扭八的大仙天公，太慈眉善目到近乎哭臉的媽祖，到額頭白帥帥但鬍鬚垂地發黑的孔子，銅鏽滿身而動作生硬誇張一如B級武打片小牌演員裝腔作勢合拍廣告海報團體照的十八羅漢，像嬰靈般陰陽怪氣的三太子，斜眼太斜的老闆公，眼神恍恍惚惚的註生娘娘，法令紋太深而有霉點長出的酸腐味極明顯的文昌帝君，老舊不堪的破爛聖母像和耶穌像也有，甚至還有某些他始終認不出來的匿名或陌生或臉孔模糊的狐仙山妖邪神們……太多太荒唐又太費解的形貌的現身，太令人心中同時浮起不免的懷疑與同情。

但是在彷彿是號稱有求必應但是卻好像泥菩薩過江的落難神明落腳於這個野臺般的怪廟中，始終也還看得到充滿了靈驗著的這些神明安身歪歪斜斜場景的既陰森又荒誕……甚至，這四樓高的天井看過去，最顯眼就是水泥橋另外一端的那個又陰又神的亮天宮排牌充滿鎏金漆的炫目猖狂。他跟她說，那個廟太離奇了，遠遠看起來就像蓋在天上，跟地上分開，天地之間在這個懸浮的結界般的廟身以一種微妙的神祕詭譎關係依存，整座怪廟蓋在另一棟建築物的四樓，就像是一種超巨大又超詭譎的佛龕或塔頂，或是一種怪獸占據在山頭所出現的巢穴的盤根錯節地盤踞……其實，亮天宮沒有什麼太多講究的裝飾，甚至用一種很奇怪的又素又野的粗糙面貌呈現在這裡，整座廟身全部都是用水泥灌出來的怪樣子，連石獅子跟飛簷上最繁瑣的雕塑都是很難看的廉價行頭，甚至，那些神明或聖獸全部都看得出來是用潦草的油漆料塗鴉般亂畫出來的，筆觸非常粗魯，但又充滿野味……就在廟宇的中間有個又髒又亂的舊庭院，沒有人打理，也沒有人來……所以整個破爛的庭院太荒涼了，甚至沒有入口，庭院裡的近乎枯萎的許許多多盆栽都各自盤據著一個陰森的角落，沒有任何的打量，也沒有任何的生氣。她跟著他走進廟裡，看到很多怪怪的法器，有一張點光明燈的舊式大桃木桌，很大但桌面卻是全白，桌面還竟然是廁所那種白磁磚鋪成的，太慘白的桌面的某種詭異的太衞生太唐突，是另一種可怕的狀態，因為往往會放上很多紅得有點陰森的燭臺燈火焦味或獸口還滴著血水的三牲祭品腥臭……

甚至，廟身旁邊磁磚死白但又黝暗走廊兩邊好多怪字，有一個獨居阿伯髒兮兮的舊鋁門上貼破爛的阿彌陀佛字樣皺紅紙，往二樓走上去只有一行扭曲仿篆字樣的書法，寫著：「隨緣自在　知足長樂」。只有一間特別地起眼……那是在往三樓的髒兮兮的樓梯旁有著一間擁有六公尺寬的又閃亮又發光的怪金屬門，也就是他阿嬤住的那一間。在更慘白的圍牆上可以看到的是一行更怪更俗的書法字「香煙裊裊好運到」，唯一通道就是沿著原來的破樓梯往上到三樓，在三樓的圍牆上可以看到另外的一行歪七扭八的黑色毛筆字寫著「更上一層樓」和四樓「乳姑不怠，恣飽蚊血，嘗糞憂心……」種種牆上畫著古怪又好笑的二十四孝勸世圖，種種他阿公留下來手寫大毛筆字老出現地那麼不可思議地離奇……走上去，就到了廟的最要害最核心的廟埕，左邊是兩面由套房圍成的怪廣場，中間有一面牆上刻著大悲咒，好多字沿著牆壁的蔓延……這個空蕩的大悲咒神明名字包圍的廣場，南無．喝囉怛那……太多太多的又怪又看不太懂的書法大字在牆上，在廣場每個轉角間還深入更深的窄小巷的黝黑之中，那走廊裡面有著更多的空盪盪套房排列在那裡，右邊則是通往亮天宮的砌得馬虎又破舊的水泥橋，橋身已然斷太多年了，但是卻更神祕兮兮，因此反而更懸疑到走上橋彷彿要走上天空……

他阿嬤說她常在想，有些廟就是不應該變，因為，即使髒髒亂亂，舊建築破爛了，會有很多壞處有很多裂縫，但是，那是神明故意留的縫。跟祂們住在一起，是一定可以補起來。

所以，聽久了的他也常常對她說，我覺得那樣子的廟反而是更接近神明……廟到底要的是什麼？廟是什麼？廟要長成什麼樣才叫作廟？一定要有神像在上頭的殿堂，要有起翹交阯燒陶像三寶佛祖的斜屋頂，一定要有香爐香火鼎盛在那鋪滿昂貴古老石板或草坪的廟埕嗎？一定要有太多進落，廟身太大……到好像走進去會出不來才算嗎？或是，一定要有走進去會發現很多人很像都在拜在燒香做雷同的祈願收驚才算嗎？因為，廟的出現、老化、廢棄的種種神祕過程一直在變，而且每個廟都不一樣，神明的裝潢變漂亮，並不能改善什麼。雖然神明也要安金身的，但是現在有些廟已然都走樣了，做成的不是神龕，大多時候反而都只像是做成了神的籠子。或許完全相反的，廟應該要像一個廢棄的遊樂場，像進去玩完遊戲的人就死光的那種陰森，才更算靈驗嗎？要走進去這廟就像走進那種無限城最高塔，像線上遊戲最難攻打等級的充滿……死穴妖魔之地。

但他剛來時，阿嬤還曾笑著說：「乾淨那幾間都已租人了！」剛上臺北念書的年輕的他還說：「骯髒的也可以……」事實上，那幾年，在那裡住，就像住在一個髒兮兮的爛歌舞劇場景裡頭，非常黏稠又非常不真實，但卻極度誇張地華麗。

他一開始找不到，因為那廟在板橋很裡頭的舊街上，不太容易發現，必須沿著大路一個巷口一個巷口仔細找那個入口，要進到裡面會看到這個地區充滿了舊時代的破爛小吃店攤販。甚至，擡頭看這地方到處都是一些老舊的招牌林立：鐵力士噴漆五金行、跌打損傷老國術館、修理各種冷氣電器、修改衣服歐巴桑家的店、老舊破爛的牛肉麵攤……又臭又髒到彷彿是某種廢墟裡的死去動物那般的屍體已然腐爛很久還沒有人收屍的那種不忍又糾纏，甚至，黝黑的廉價沿街建築都互相糾結在一起，還長出一些不尋常的通道遮蔽著天空，再深入一點就會忽然伸出各種棚架填滿了走道一樓的上方，就像是神隱少女要去湯屋的那段路，怪異到好像有什麼幽魂會隨時浮現那麼鬼魅……

但在兩旁眾多的攤販跟店面之間，再走進去，最深處會有一道門突然出現這個行列中，門前有著一面斑駁鐵製的拱門，上頭就是那寫著「亮天宮」的破招牌。她跟著他走過那招牌下更裡頭的所有又舊又怪的狹長走廊……往往，在走廊旁邊的門裡面沒有任何燈火，很狹窄大概只有一兩個人並肩的寬度，只有一座通往二樓的樓梯有著黝黑鏽蝕暗紅色的欄杆，某種昏天暗地中些微的光線從二樓露了出來的隱隱約約，但是，再往深一點看整條小路就已然是一片漆黑。就這樣，沿著欄杆走到二樓隨著視線往上看，竟然發現了二樓的圍牆上用老派但俗氣的書法寫著的「步步高昇」的黑色毛筆字。但是，就從這裡可以看到鄰棟的建築，有種怪異的光影，炫目但也歪歪扭扭……再往裡頭走更深，才會發現這裡的廊深處的光線是從戶外的折射所投影的，因為，這是一個由層層疊疊的歪斜戶外走廊所包圍的舊建築物，太過曲折又繁複的走廊一面又通往一間一間房間的入口，走得更久，還會發現每個看似尋常的人家入口都不尋常……往往有著形式完全不同各種手工改裝過但也鏽蝕許久的鑄鐵製柵欄，每個入口都散落著完全不同的髒兮兮的布鞋，破到開口笑的舊皮鞋，穿太久到變形的廉價高跟鞋，甚至，偶爾還會看到一兩雙又可愛又可怕的破爛不堪的卡通長相破童鞋……那不像是還有人住的。

但是，他說：那時候我還常常有意無意地繞到那些人住的地方去玩，那比怪神明們住的地方要令我安心一點，有時候，只是路過聽到入口旁邊的窗戶傳來電視開很小聲的那種稀疏電子音的餘音繞梁，有時候，只是看到太多戶的門口燈光不是很微弱就是沒有開那種殘破而淒涼，但是我好喜歡這種怪異的斑斑駁駁，更多時候，如果遇到裡面有人正好奇地從門縫狠狠地瞪出來看著我，我也不在乎，心裡明白地想著……這裡不是外人來拜的觀光勝地，甚至只是鄰人來拜的破廟，所以沒有陌生臉孔，所有亮天宮的地方對外人而言都應該是禁地……甚至，那裡的走廊的某一道邊境，就是用鑄鐵做的暗藍綠色的舊欄杆，完整地呈現了一個ㄇ字型包圍著整個封閉的歪歪扭扭的三合院這裡，但是，卻又有好多缺口和縫隙在那人住的地方縫縫補補著某種神祕的氣味，像迷宮，像廢墟，像太複雜的機關樓……所有另一邊窄狹走廊都通往著另外一棟的同樣破爛的老建築，但是入口卻往往會被一面鏤空有雕花的破鐵門擋住，從這裡我發現原本浮在空中的招牌在可以碰到的高度，而一樓走道上的棚架上放著零散的盆栽，半枯的番薯葉、朝鮮蕨、七里香……連開運竹都是灰塵蓋滿了地廢置，好像被下了咒般地完全沒有生氣。

或許，廟有時候或許就應該做成一個神的旅館。一如當年一剛開始，他跟她說……是他那命很孤又很衝的阿公當住持，就跟神一起住在這旅館裡頭，亂用密宗加道教加基督教加更多怪教的各種神通去開了天靈通，一如人家還說他什麼都通。一開始廟其實也都是阿公在管，但他死後就亂了，沒人管，她其實不是我親祖母，而只能算是一個遠房的孀婆，有乩身可以扶乩但還對人很好，也就過去接了這個廟。他說他一直都不瞭解這些神通……但，有一回我生病了，我阿嬤她說她會治病，她那開光過的按摩器聽說也很厲害，尤其因此還發明了一種不可思議的按摩器驅邪法，她第一次伸進他的尾椎和肛門之間，他嚇壞了，幸好，沒要脫褲子，而且一邊按摩時，還一邊唸咒，而且唸的竟然不是臺語……他本來很害怕，因為以前聽過有一個木柵的老師傅整骨是用手指伸進去肛門裡摳一摳竟然脊椎就會醫好。幸好，她還沒那麼嚇人，而且真的把他醫好了。因為有神通的阿公教我阿嬤幫人治病，收驚，驅邪，因為她有一本咒語書，裡頭有阿公留下來的一張一張他看不懂的字的符。後來，就阿嬤也叫他幫忙，多年後，他竟然也好像有樣學樣地跟著做，她說每一個身體部位都有一張符的咒語書療法，用按摩棒按完會發一張給病人當符咒回家燒成符水喝下就算不會馬上痊癒，也會慢慢好起來……但他還是老仍然半信半疑……

過了那麼多年，那命也愈來愈孤的阿嬤後來就更是一個人住在廟裡，但還是愈老愈不尋常，年紀雖大，但是身材還很曼妙，愛穿很華麗鮮豔而誇張極了的深紫血紅鎏金種種怪顏色，還會穿各種版型特殊的旗袍花衣和刺繡極繁複的衣冠裙身，就好像有妖術加持般地妖嬈。

他跟她說，那時候我也玩得很凶，之前我住在那裡那幾年也剛好認識一個很怪的女友，她總是要我回到這房子時要背很瘦很高的她上樓，我老惦記她身上有五六個刺青要遮一下，因為監視器會看到，但阿嬤她卻完全不在意，還一直跟我說你以後注定要一輩子很孤像你阿公當廟公，先談一小下戀愛也好。

他阿嬤說這裡是他阿公以前發跡的地方，這一大片地都是他的，她用手指隨便地指了廟的黝黑前方的那一整長棟老房子以前可是一間這一帶最大最豪華但後來破敗的旅館，而且，前前後後，都是她一個人帶人打理的，但是，自從阿公過世之後她就收起來了，這地方就讓她這樣放著，有些地方就關起來了，阿嬤說這廟的風水很怪也很好……他如果願意留下來接廟公，以後連這一帶旅館和這廟都是他的……

不過令他覺得意外滿感動的，不是繼承這廟，反而卻是因為好多次他阿嬤跟他說過的話，她老是語重心長地勸他認命：「你逃不了你是廟公的命，因為如果你是一個不一樣的普通人，那我所看到的未來也會截然不同，將會有不同的轉變，因果也會不一樣，主要是因為這時代太亂了，所以會同時出現了許多別的廟公，一如你，來這亂世幫助人，我們都是某種奇特的殊途同歸……因為，現在是亂世，是大家的最後一輩子。」讓年輕的他很猶豫不決過，還因此留下來很長一段時間……

後來她就跟他分手了，不知道後來他有沒有一直就留在那裡當廟公，但是之前那一段和他在一起的時光她還常去時，始終有太怪的事會發生，因為，在那個怪廟裡頭的每層樓都還是會出現了更多更怪的人和事的奇觀。但是最怪的某個近乎無法理解也無法描述的狀態，就老發生在那廟裡她和他住的那一間房間，她說，就面對馬路末端最後一間，而且，離所有人都很遠，但就是有一個住在比較鄰近幾戶的年紀很大的怪叔叔般長相很猥瑣的獨身老阿伯，老會站在那裡，站在那我們房裡的大片木窗外往窗內看，其實他什麼都看不到，因為那窗是很厚的霧玻璃……

她說，她永遠都不會忘記，那個房間，她去找他就會住那裡，所以，就可以看到那窗，整面又舊又長蜘蛛絲的木格窗就面對暗巷，窗旁還有裂縫蔓延到窗框的黝黑邊界的隱隱約約，甚至長出潮溼太久的像霉漬的深深淺淺苔痕，一如溶解了所有現實感的老實驗室裡的破舊燒杯，容納著沸騰過的危險的什麼發生……又卻死寂地完全凝視而默不作聲。

她說，我可以看到霧玻璃外的那猥瑣的老阿伯，就在那裡，偷看我和那男朋友做愛，或是偷看他和以前他那很怪的女朋友做愛……我老會在高潮很大聲地淫蕩呻吟，他大概會聽到，但卻一定是看不到的。所以，每回有聲音，他老人家就會走過來。一開始我們會有點不好意思，後來，就也不想花力氣周旋去請他離開，久了竟然也就習於如此被盲目窺視的狀況。那時候，太年輕的我還偶然會因此有種荒謬感地作祟而更亢奮，而故意叫床叫得更大聲……

但是，在那個充滿了又斑駁又神祕的神明和亡魂的鬼鬼祟祟的地方……有時候，我甚至也不確定那霧玻璃外的人影是不是他。甚至，那影子是不是人。

就這樣好幾年，一直到我離去……

她說：但是，在那裡，我們可從來沒開過那個窗……

獨身

Célibataire

駱以軍

獨身

字母會

他先講了一個畫面，這些年輕人圍著那張杯盤狼籍的桌子，那個女人，全身一絲不掛——當然座中每個老鳥菜鳥大腿上摟著那些年輕女孩，也全在那陰影慘澹的日光燈照下，像糯米飯糰被捏握著、白胖胖的乳房、纖細的腰肢和刷向肚臍處的暗影、再下面一點的騷鬍子般個人濃密疏落不一的小叢陰毛——女人是她們的大姊頭，一開場先來個下馬威，拿一空杯斟滿紹興，從自己唇上一點突出「人中」那兒把酒假作一仰而飲，其實那黃湯沿著女人的下巴流下，從她白皙如妖精的喉、鎖骨、那兩粒瞬間泛起雞皮疙瘩的淫白乳房和濃黑翹起的乳頭，再沿著腹脅（她的小肚子不行了、鬆弛了、下垂了），流到那撮蘚苔叢般的陰毛區，搞得溼漉漉的，最後她岔開腿拿了另一個空杯，像小便那樣放在一個不存在陀螺的虛擬重心處，滴滴哆哆也接滿了一杯「洗過姊啊身體」的騷辣黃酒。那真是一手絕活！這樣一趟流淌刷洗，居然還是一滿杯。

女人把那杯酒碰放在你面前，煙視媚意卻又殺氣洶洶地說：「新同學！

喝！」

這些時刻，你難免會百感交集湧起對人世如此艱難的哀傷和敬意。你難免暈頭轉向湧起這類從年輕時便纏困的疑問：為何女人光溜溜的身體，就是色情湧出的祕境？就是讓你覺得腦額葉裡被一坨糊黏的口香糖渣牢牢附著，讓你瘋狂覺得那真是美，真是仙境。明明很多時候她們露出這樣醜態，她們在你面前小便、放屁、或腳臭或腋下狐臭，或這樣一堆妖精打架，「哥哥，哥哥」低俗又親熱，廉價又無屏障在你和哥兒們的男子結構性坐姿間搖晃流淌，你亂摳她們溼滑的屄，手放進她們小嘴貝齒間，她們立刻扭動讓身子假作呻吟，或用齒和舌配合讓你的手指往喉嚨深處再吞進去。

當然大家都是討口飯吃。大家都只是在這泥濁人世打滾，卑微地活下去。女人知道自己不行了。唉這些憑就一身行貨像下水餃嘩啦嘩啦跟其他女體拚搏的燭光搖晃的限時性，奇怪就是比城市辦公大樓裡那些穿一身昂貴名牌服、昂貴高跟鞋、上健身房、練瑜珈、和有錢男人玩白流蘇遊戲，四十歲了還流光暗影、遮藏懸逗把「性」變成像數獨遊戲的高智商女人，更通透如果「不行了」(可能才三十出頭)，自己要退居一半婆娘半姊啊的角色，更奔放更黃更夠意思。什麼都敢玩。那簡直難怪讓所有美麗女孩咬牙切齒視為公敵，把男人們痛不欲生求之不得的「仙女的祕境」，展演成一個糞坑！她把它曝曬吊掛在日頭下，像曬一截發黑發臭圍著蒼蠅的鹹魚乾。「看看，也就這麼回事，沒啥好稀罕的，這不每個女人都有的嗎？」

我們後來回想那些自己置身其中的畫面，很奇妙的，你同時是一個觀察者，觀看著譬如這女人和佛之筵席那些在半空飛翔灑花的「飛天」——其實她正在大展十八般武藝讓所有男人們既輕蔑又敬畏，沒有一個不看得滿頭大汗。她將仍包覆著塑膠薄膜的免洗竹筷一整把，少說是五、六雙吧，往她那淫白皮囊末端女人的妖豔淫騷之穴裡插，腿的姿勢劈開像百米短跑選手比賽前的弓步拉筋，然後一臉凶狠怒目齤牙，啪一下將那些一半猶沒入她膣腔內的竹筷全折斷。溼淋淋拉出來(那些斷掉卻因塑膠膜而像垂頭仍連著的竹筷），在每人鼻前巡一輪展示，所有人全被這氣勢震懾，舉杯敬酒，「大姊」，「大姊」，……或是後來也喫醉了，兩頰酡紅，趴到一旁沙發，翹起屁股，似發嗲又似命令：「看你們誰要幹我，快點上喔。」這一切燈影明滅，你看得目瞪口呆，身旁的男人們每人手中都握著一位裸體女孩的乳房，還空出一隻手叼菸，噴吐著一坨一坨從紮實緩慢變鬆塌的白色煙霧；或一手舉杯，「喝啊，大姊這麼夠意思。」

但另有一在這之上的觀看之眼，似乎你也和其他諸人，被攝入那想像中虛懸於半空的鏡頭畫面。似乎有另一個音軌的旁白被悄悄打開。一種道德上的陰影，像空氣中的煤灰菸屑，如果有鏡片你覺得好像霧霧髒髒的，但眼前那似乎不斷在累聚的，又確實什麼也沒有啊。那個拉高至半空，疏離而不安的觀看，是因為你們是一群狗仔。

你們得到有人爆料：這女人是十幾年前轟動社會的大魔頭的女人，那個結夥勒贖並撕票（據說是不小心弄死了）一位大姊級綜藝女星的女兒，同夥另兩人先後在藏匿處和警方槍戰中被射殺。只有這位逃亡大師像可以液態變身的水銀或電腦病毒，在整個社會、媒體、警網、風聲鶴唳層層警戒下，仍行蹤撲朔竄逃一個多月，一路且犯下多起強姦案，並將一間整形診所的醫生護士都殺了（前者是強迫幫他整形後處決，後者是先姦後殺），那段時間他變成所有人潛意識的噩夢，在山裡那些有錢人空置的別墅出沒，補給糧食飲水，最後又挾持一外國駐臺外交武官一家人，在全國媒體直播下和警方對峙了一整夜。據說當時這已是困獸之鬥的，可能是臺灣刑案史知名度排行不是第一就是第二的，惡貫滿盈之人，接受警方繳械投降的條件，就是就逮前讓他的妻子（也就是眼前這一身精光，像魔術師表演各種女體怪誕幻法的不幸女人）進那間「外國武官官邸」，讓他們夫妻生離死別前最後一次歡愛。

因為時日確實太久遠了（套句老梗：「白雲蒼狗」），故事的幾個主要角色在其後的人生命運，便有了像小說那般可以一窺其「接下來呢」的時光展輻。這個惡人幾年後在獄中槍決伏法。事情喧騰一時之初，媒體爆出他和這位淡眉素臉看去柔弱的妻子，有兩個尚在襁褓的嬰孩。女人那段時間配合愛灑狗血的採訪記者，鏡頭前總是哭哭啼啼，對應於那個女兒被殺的綜藝大姊大因悲憤交集，面對攝影機的氣勢洶洶咬牙切齒；這宗如此善惡形象對比鮮明的擄人撕票凶案，竟然當時出現一種模糊焦點，變成社會階級對立的同情聲音。（女人抱著稚弱幼子抹淚說：「她是大人物，是女皇，我們怎麼鬥得過她。殺人的人一命抵一命就算了，只求求她高擡貴手放過我和兩個可憐的孩子。」）那位綜藝大姊大當然氣瘋了，事實上她本人也是底層出身一路吃苦打滾爬上來的，或因缺乏合於這種地位該有的形象公關幕僚，於是在不同頻道的新聞，口不擇言，或覺得不妙改演一把鼻涕一把眼淚的苦情戲，竟有演成「兩個女人的戰爭」之趨勢。這拖棚歹戲在一位外國神父出面領養惡人的兩個稚子的意外轉折後，總算落幕。當年衝鋒陷陣，在那惡人落網之夜，隻身進入外國武官官邸和他談判的刑警大隊長，因為此案成為全民英雄，幾年後政黨輪替，竟被越級拔擢成為全國最高警察首長。綜藝大姊大在一次選舉，因激烈攻擊那位當時（可能是為了作秀）幫殺女凶手擔任辯護律師的政客（此次出來競選市長），反而得罪了對方陣營的支持者。中間又歷經她不惜鉅資在高齡仍多次做「試管人工受精」，卻不幸皆失敗的新聞。甚至人們模糊記憶裡，好像曾有某次某家八卦雜誌爆出，當初收養這惡人的兩個幼子的那位外國神父，其實有戀童癖之前科。

女人則像錯綜交織的運河渠道，那骯髒漂浮著垃圾、妓女的死嬰、報紙、枯葉殘花、廁所排出之糞便、空酒瓶、毒蟲的針筒、死貓死狗、速食店包裝紙、單隻皮鞋……這一切蒸騰惡臭、浮油鮮豔的混雜流河裡，某一杯潑下去的髒水，她徹底從人們的記憶裡蒸發了，消失了。沒有人知道她後來的下落。

誰能想到她如今像社會這臺大機器轟隆運轉，最底層那被絞爛踩踏的碎肉，帶著一群賣淫少女在這鄉間暗藏情色小吃鋪，廉價卻又充滿人情味地，用她那絕望的女陰表演開瓶蓋、吸菸、折斷筷子？

他說，他們這群專業狗仔，連續三個禮拜，分批假扮附近接工程的建築工，一個一個不同夜晚，用藏在背袋皮包裡的針孔相機，咔嚓咔嚓拍下這些絕對震撼大賣的淫照。同時他卻感到一種拿尖刀在剝一條滿身爛瘡、口吐血泡，垂死病牛的瘦皮。她不是早已是個「人間失格」的空皮囊了嗎？還有什麼臉皮可丟呢？當他們杯觥交錯坐在那貧陋陰慘的小吃店酒桌，不成人形那些像骯髒海灘沖刷著汙垢、垃圾和魚屍的泡沫碎浪，那些年紀輕輕便說不出沉澱著一種暗影的少女胴體，以及這位經歷過最離奇人間黑暗慘劇（而且她是「惡人」那一國的）的，妖怪畫皮，像八爪魚眼花撩亂做出各種醜怪卻又淫騷的表演，取悅他們，款待他們。原本，她認為他們是同樣沉浸在最深海般的黑暗人世，最低的那層爛泥腐物。其實，他們還在這樣的悲慘海底，咔嚓咔嚓，虛情假意，仍要剝那最後一層皮。

我發現：有一些奇怪、漂浮的場景，它們永遠不會進入你的小說裡。主要是，它們是「過場戲」，即使在那些故意將時間停止，不斷著迷於某個房間、某條街道旁、某節地鐵車廂所有低頭坐著困在同一個夢裡的穿著正式的老人、女人……即使在這樣讓你的讀者，像被酒館裡的痞子講了一整晚全身發熱、臉紅心跳、舌頭像養殖箱裡太擠而不安分的鰻魚想找另一個窟窿顫蹦鑽進去……的單身女子，最後那痞子卻把空酒杯一推：「好嘍。再見。」便起身走人。那樣撩撥挑逗卻只留下一大片空無和失落的小說，那些場景還是「過場戲」。那是怎麼一回事呢？我想它們無非是些等待的時光。或打發這些垃圾時間的方式：在醫院候診室外的長廊看著牆上的電視啦；在旅館大堂等一個遲到的不熟的朋友嘍；在麥當勞的廁所門旁等裡頭一個慢吞吞的傢伙弄出各種細碎聲響卻不沖水不出來；或是跨年夜擠在那些包裹嚴實漂亮嘴巴噴出白煙的小美眉之間，一起擡頭裝著等最後的倒數……這些全是你調度回憶畫面，一些有意思的情節之間，無數個無聊的、無意義的白癡片段。

我偶爾想起，譬如許多年前，我和哥們約了另一所高校的一群傢伙，在羅斯福路近南門市場附近小巷子裡幹架，那時光如水銀，即使在那些十二指腸般的迷宮巷弄裡穿繞，鏡頭搖晃著，兩方人馬（我們只有三個人，他們有十來個。我們在前，他們緊跟在後。所以其實是他們像貓撲殺老鼠前的氣定神閒的玩弄？）鞋跟因疾行踩在那無人靜巷裡咔咔的聲響，你還是覺得那些魚鱗黑瓦的日式房子布滿青苔和插著破玻璃酒瓶的矮牆，那幾盆放在排水溝蓋上的盆栽木瓜樹或鐵樹……所有細物似乎都熠熠發著一種讓人懷念的光輝。

當然後來我們走到一條死巷，我做為我這方代表和他們裡頭派出一個最壯的傢伙「釘孤隻」（就是單挑對打的意思啦）。打完後我們裡頭最罩的那傢伙衝著那群人撂下了一些狠話就走了。剩下我和另一個叫朱的，也裝出殺氣騰騰的樣子往靠大馬路那頭的補習班的方向走，那十幾個傢伙似乎還沒從某種夢遊狀態醒過來，他們沉默地，隔了一段距離走在我們後面，事實上只其中一人靈光一閃：「他媽的我們人數是這兩個廢物的五倍。」我們就會在那好像永遠繞不出去，綠光盈盈的靜巷裡被活活打死。

這段經歷我多年前在一篇小說裡寫過，當然主要的特寫和腎上腺激素之噴發，全在那像世界盡頭，找不到出路在拐彎的死巷裡，既恐懼又歡欣地和另一個身體上不可思議掛滿堅硬肌肉的少年，互相毆擊對方。我和那個老朱在那個很罩的傢伙棄我們而去之後，便像喪家犬夾著尾巴想掙脫那纏在一塊線團般的歧岔巷弄，和後頭咧著潔白齒笑的一群穿著卡其布制服的高中生。後來我們趁空穿鑽進一家補習班老舊租賃公寓的窄樓梯間，我們喘著氣，彼此聽見對方恐懼心跳地往上竄跑，一樓一樓往上，最後是這間補習班堆放一些壞棄課桌椅、油漆桶或空紙箱的最頂樓的一個死角。我們從唯一一扇小窗朝下面的街道看。那些追丟了我們的傻瓜，像白色恐怖時期搜捕逃犯的警察或他們牽的狼犬，一撥一撥在下面繞著。所以他們是在意識到讓我們鑽了個空，溜了之後才氣急敗壞想到他們的人數優勢，他們完全可以置我們於死地。更何況剛剛我們三個全是空手（包括那個獨自跑掉的大咖），他們可是人手一根球棒、木劍、鐵條……啊。這些白癡。

但我和老朱躲在那空中閣樓，不，窄樓梯間頂樓的荒棄空間，我們在那待了非常長的一段時間。一直到天黑我們都不敢下去，怕一下去就中了埋伏。我們一直藏在那裡，等到九點鐘那補習班夜間班下課，轟隆轟隆湧出數百個蒼白苦悶的男女高中生。我們才混在人群裡，畏畏縮縮地溜出那暗影中的樓梯間。

這段等待的過程，我在之前那篇小說中完全沒提。實在是它什麼也沒發生。我們就像國片裡那戰爭廢墟倖存的一兩個落單孤兵，躲在四行倉庫的瓦礫窗洞後，滿頭大汗控制不住身體的抖索，從窗洞下眺下方無數持槍跟著裝甲車駛過的日本軍部隊。這之間我們可能輪流把我身上那半包菸抽光了。除此之外，沒有任何值得寫入小說情節的屁事。

但其實那時，我和老朱有這樣一段對話。

老朱說：「前幾天我撞見我姊在手淫。」

我：「幹他媽的真的假的。」

其實我並沒有很驚奇。或許那個年紀的我，腦袋是像爬蟲類的夢境中的圖象，所有景象皆渾渾噩噩往前流動。當時世界還沒有這麼普及的電腦或網路這些玩意兒。我可能覺得所有別人的事，都只是「別人他家的事」。我們那個灰撲撲而物資貧乏的年代，所以人家裡的空間，全像穴鼠們所有成員皆重疊各自的私密空間和這個家的公共空間。像我們這種恰正青春的孩子，上頭有三、四個哥哥姊姊並非特例。沒有人會有自己獨自一間臥室這種事。我也常在我姊洗澡時敲門進浴室上大號，馬桶就在浴缸旁，煙霧氤氳中我姊模糊的少女身體和她自己用的和我們不一樣的沐浴乳香味，它本來就是一個紙窗糊著影影綽綽，可能有我不理解的陰鬱或大人不准我理解的他們在承受的艱難、祕密。

我想我們做過一些壞事，那使得當我們像兩隻年輕受困的狼，被困在那光線慢慢暗下來的樓梯間頂樓的廢物堆裡，我們有一種舔著自己腳爪嘴裡滿是血腥味，被整個世界遺棄了，這樣自憐又暴戾的幻覺。但時日久遠，那些屁大的荒唐事，被你在滔滔人世後來目瞪口呆看到的各式各樣的惡，那少年自我炫耀的髒汙的獨特性早就被淹沒啦。那算什麼呢？譬如我們在同一所國四重考班上課的最後一天，那時所有被鎮壓了一年、被勒令剃光頭、穿那重考班難看到羞辱的制服，那些偽裝成靜默灰螞蟻的少年們，突然全都瘋了。他們在重考班那棟四層樓的老舊公寓裡，上下樓層搜巡，像精神病院的暴動，他們用鐵條把每一扇窗玻璃都打碎，用腳踹廁所的洗手檯，讓它墜落破碎，他們把金屬飲水機推翻，斷掉的水管汩汩冒出水。那補習班的老闆和平時用一根長藤條抽學生屁股的「訓導主任」，甚至一些老師，全都不見人影。事實上我和老朱平日裡是被這些虐待狂老師釘得最慘的看板式壞分子。那時才發現原來平日隱藏在安靜人群那陰鬱沉默的長條課桌椅間，有這麼多真正的狠角色。他們簡直像什麼斧頭幫之類的來砸人家戲院。所以手法都乾淨俐落、殘忍、冷靜。

我和老朱喜出望外地加入他們，但我們就像兩個癟三，完全不知怎樣「造成敵方之痛苦」，後來我們把走廊牆上掛著的一只小型滅火器藏進書包裡就那樣低著頭離開。

後來我又和老朱分手啦，我們可能爭執了一番，最後是由我帶著那只紅漆鐵鏽斑斑的滅火器。剩下我一個人的時候，我突然氣弱，內心惶恐不安，書包裡沉甸甸的那我不知要拿來幹嘛的陌生物事，像是我瞞著滿街的路人，背藏著一隻垂死的狗，或是鰓部一掀一闔無聲喘息的大魚。我不敢上公車，埋頭那樣在馬路上一直走一直走，從羅斯福路一直走上中正橋。我也想過是否沿著那橋欄端一只鐵梯爬下去，那下面臨溪畔，是一片漫眼芒花的卵石灘，我想或許我自己一人到那空曠無人處，試著把這滅火器噴射掉，我還真沒碰過這種玩意兒。我想像我摁下它的扳機，會灑出一整片像噴泉瀑布那樣的白泡沫霧花吧？那種誘惑、恐懼、跟自己好奇心對抗的罪惡感，就像少年頭一次撩弄自己脹大的陰莖。但我終究沒那麼做。其實我害怕極了，心裡後悔剛才無論如何應把這可能重複刷上幾層紅漆的烏魚卵狀鋼瓶硬塞給老朱。

我背著它一直走著。覺得它又不停止在摧毀我的肩鎖骨。當然我記得後來我走到那座車潮來往的橋的正中央，終於承受不了那孤獨的沉悶，將那滅火器從橋欄扔下去，我至今還記得那一抹紅色旋轉翻滾然後咕通一聲濺起潔白水柱沒入溪流中心，那一連串及短暫時間但連續的某種重力墜落感，像有一條彈性極佳的童軍繩綁著它，讓那下墜的重力拉扯我胸口內的某處。

在我的少年時光，幹了不少壞事。我偷過路邊或公寓樓梯間裡那些忘了上鎖的腳踏車，有很長一段時光我偷我父母的錢（他們是為我們一家生計鎮日愁苦的小公務員）；有一個假日我跑去無人的小學校園，翻其中一間教室那導師桌的抽屜，只因恰好翻到一盒火柴，我便在半夢遊狀態放火然後離開，後來看見五、六輛消防車圍在那小學校門口，從遠處都可看見一團濃煙冉冉升上天空。沒有人跟我分享那些，你幾乎可以聽見自己心臟跳動巨大聲響的寂靜時光。我曾在百無聊賴時把一列沿著廚房牆壁固定軌跡爬動的螞蟻，放在電鍋插頭那只扁扁銅突上，插進插座孔，想像它們被電擊灼焦的瞬間爆裂與變成焦炭。那些時光，我感到惡的酸液。侵蝕浸泡著我被一層一層蛋塔酥皮般薄紙殼圍護的柔弱的心。我在那時被一種巨大恐懼壓得喘不過氣。我預知等不及我長大，那無意義的惡的毒液，必然浸穿那一層層圍護我的紙膜層瓣，我少年時有幾次因為那樣絕望的孤獨感，而躲在無人處無比哀慟地嚎哭。

END

獨身

Célibataire

陳雪

獨身

C

字母會

「一定是缺少某個重要的關鍵人物。」這個念頭將他驚醒，墨綠色不透光雙面窗簾與窗框間的縫隙透入光線，像是手電筒射入的光束，不辨晨昏的他，渴了喝，餓了吃，睏了睡，日子過得沒有分別，這幾日決心規律生活，即使必須吃安眠藥上床也在所不惜，昨日還特別進城買了鬧鐘。

那是他許久以來第一次離開小鎮搭地鐵進城，主要是到醫院精神科拿藥，之後在商場美食街吃飯，電器城裡徘徊好久，選定了一個兩側有小木槌敲打、造型古樸的舊式鬧鐘，他不敢相信那兩根小槌敲打鐵製鐘身的噪音竟沒能把他叫醒？想來是安眠藥的劑量算錯了，亦或者睡前也不該喝那杯威士忌。

鬧鐘指向下午兩點鐘。算了，又不用上班，調整什麼睡眠。

缺少了什麼？

打城裡回來，他夢見過去高樓裡的辦公生涯。地鐵站座椅上握著小鏡子化妝的OL，商店街裡學生裙與白短襪的高中少女，小吃店裡獨自叫四盤小菜的老嫗，那麼多人臉如畫，各種女人的臉，燦爛的青春的成熟的凋萎的，他很久沒有女人了，剛到這小鎮來時，交往多年的女友還會來探望他，距離一拉開，他們之間的不合適就顯出了，女友想要結婚，他的未來還是一片茫然，後來她終於不願等待，便嫁給願意娶她的人。

最初時節他想要描寫一個小鎮，做為長篇小說的場景，他將場景設定在一九九五年他大學時期這個濱海小鎮。

小說動筆時，他三十五歲，出版過兩本小說，得過兩個文學獎，曾經受到矚目，一切都在昂揚的路上，彷彿什麼都可以拋去。他決定孤注一擲，辭去城市報社記者工作，帶著一筆存款，住進了年輕時曾住過的磚造平房。

以寫作者身分回到小鎮，人物皆非，碼頭邊搭起了商店街，遊客一波波湧進來，只有眺望昔日的山與海，才能感受到他需要的那種，已經消逝的靜謐。平房已經破舊不堪，房東也已老入了輪椅，起初他日日到鎮上走逛，看見什麼都有靈感，他追逐著夢裡殘影，比對著現在，創造今昔對比，飛快書寫時光，編物造人。

五年來，他已為小說裡的小鎮創造了二十個人物，十六個篇章，中間散落三十二個夢境，拼貼六十五則新聞，抄寫歷史資料與維基百科一百零六條訊息。儘管那更接近一些人物速寫，街景寫生，像散落一堆零件還沒拼裝完成的機器人。他還缺乏點什麼，如魔術師揮手指點那刻，瞬間使一切成真，使機器人擁有靈魂，尚未，還沒，他急切找尋。

他日日凝視重讀，凌亂的小說草稿，就像地鐵旁邊廣場為人畫像的街頭藝人，人物笑貌都像照片那麼逼真，但卻一點真實感也沒有。

隨著年歲過去，他滯留在屋內的時間增加，除非必要飲食採買，他不再與人交談，沒有認識新的對象，甚至連日常吃喝都在固定的小吃店，日久就成了這樣，影子似地淡薄。最初要把小鎮每條街都走完、要認識街上老人、商家，要拍照、做田野、建立口述歷史的野心，都以埋首在書桌閱讀資料取代，後來，他甚至連圖書館也不再去了，只靠著手上舊有簡報書籍，以及網路搜尋補充知識。

實際上，他已經沒有什麼想探勘、想查訪、想深究的了，他筆下的世界，落敗的小鎮本該是繼續荒涼，卻背反著他的書寫一徑地熱鬧翻騰，他不知還能做些什麼。偶而，除了無力感，還會有一種灼心的焦急，化身為夜裡造訪的春夢，化身成前女友、某女星、或任一不知名女子來侵擾，除了晨間的遺精，他的生活結結實實變成了一場虛幻，是的，結實的虛幻，如他筆下的小鎮。

那日他走逛一次鎮外新城，如夢境裡回返真實，他從地鐵裡走出，從魚貫人潮下班男女裡掙脫，地鐵裡潮湧的人體氣味使他心裡一震，他驚覺自己必須從這足以使人溺斃的沉滯中醒來。他得做些什麼。

他站在月臺，從高遠處下望，等了一班又一班列車進站離站，這時間裡把他描摹過的小鎮又看了一次，離開地鐵站步行回住處的路上，他決定讓小說往相反的方向走。

他要創生一個從城市裡逃向小鎮的女人，這個女人每日搭著從小鎮通往城市的地鐵上下班，漫長的車程裡，沒有任何人與她交談。他要用這個女人將二十個破碎的人物連接起來。

這日下午他一醒轉，胡亂洗了臉，灌下冰箱裡隔夜的黑咖啡，拉開窗簾，抽兩根菸，像過去那樣，躺在他慣常思考的長沙發，幻想孵育著這個小說裡的女人，他才剛描繪出她的長相，不能醜，也不該太美，身體是豐滿的，但臉孔有魅力卻不到達美麗，男人們喜愛她的肉體，但不到癡狂的地步，他想像她年約二十八，頂多三十五，超過這年齡對人生就太絕望了，她應當悲傷，但不可太過絕望。她未婚，至少談過三次戀愛，但不可超過十次，那會導致麻木。

她養貓一隻，兩隻也可以，貓適合孤獨的女人，若超過三隻，恐怕生活會是災難。養狗太療癒了。如果一貓一狗，就會變成喜劇。

為了描寫方便，屋子就像他現在住的一房一廳，小廚房有流理檯，微波爐烤箱熱水瓶一應俱全，獨身女人應該再添一只大同電鍋，橘紅色款，咖啡機他暫時拿捏不清該是虹吸式還是美式咖啡機，講究點的可以使用義式咖啡，或乾脆就一只銅壺對著濾杯沖泡？杯子或咖啡豆的細節描寫等人物出來再進行。

女人神色滄桑，既菸且酒，內心荒敗，卻仍有少女的純摯，她難以拒絕陌生人的善意，卻又對親近的人提防，對愛情憧憬，但每一段關係都失敗，年過三十，連失敗的愛情關係都很難開始，碰上的男人不是已婚就是有了未婚妻。

父母健在，兄姊弟妹都有，人生裡最大的悲劇只有愛情，這是她絕望的另一理由。

工作方面，大約是五、六年待在同一公司做到手下有一兩個人左右的基層小主管，為了描寫方便，他讓她從事自己比較熟悉的出版業或媒體。寬鬆一點的話，廣告公司也可，這些他畢竟都涉獵，也想過給她開個咖啡館，但那恐怕太忙，接觸人的機會也太多，悲傷孤獨的時間就不夠多了。

他繼續孵育著女人的前半生，花去一整天時間，他依然感到活力充沛。深夜兩點鐘，他剛洗完澡，小說篇名剛寫下：「造夢者」，還是換個「人」字？他最不擅長命名，沒關係先打出來等小說寫完書名一定會準確浮現上來。

門鈴響了。

不可能是找他的，他任著門鈴繼續響了一聲又一聲，終於因為好奇心將門拉開一縫隙，一個赤條條的女人在門縫裡，「請幫幫忙」，女人聲音混濁黏稠，像是喝醉了，他急忙關上門，「不好意思，我把自己反鎖在外面了」，女人繼續敲打房門，「整棟大樓都沒人開門，請幫幫忙」她懇切地喊，他們隔著門板對話。「我可以幫妳叫鎖匠，」他說，不是因為膽小，而是，這個女人，與他今日構思出的角色太神似了，他全身發毛，「可是我沒穿衣服」，她說，夏娃誕生時也是光著身子，他想，糟糕，該不會，他真的創生出了一個女人。

終究他還是個心軟的人，五分鐘之後，他打開了門。

那是個活生生的，真實的女人，宣稱自己住在他對門，她說酒醉的夜晚只記得最後一杯馬汀尼，恢復神智時，發現自己光著身子在走道上，大門反鎖。

他讓她進屋，泡了熱茶，借她衣服穿，幫女人叫了鎖匠，等待鎖匠到達三十分鐘，女人還在拼湊導致她今晚的災難，「會不會遇上歹徒？」「有沒有可能我其實帶了男人回家？」她對他說，一點也不忌憚他們並不相熟。「或者我去洗澡，然後把大門當成臥房門，所以開門就把自己反鎖？那為何我不圍條浴巾？」女人的推理頗有可能。

自言自語的女人，小麥色皮膚，單眼皮，高鼻梁，豐滿嘴唇，果然是這樣的長相，散發一種醚媚的性魅力，但又叫人清醒地想保持距離。最初見到的她，肉欲的身體，輪廓是疲憊與疏於照顧的線條。

「最有可能是洗澡，但一切進了屋就知道。」他淡淡說。

鎖匠開了門，他陪她進屋，女人說在樓梯間見過他，「感覺不是壞人所以敢找你」，他對她沒有印象，他搬到此處才第三個月，他久居的紅磚屋房東去世，繼任的屋主以整修為由要他搬家，他存款漸薄，處境窘迫，唯一與他保持聯繫的老同事說手上有個閒置的套房，可讓他便宜租用。離市區近些了，以為換了住處對寫作有益，但來到這新大樓卻更無力了。

女人的房子比他居住的大上許多，是兩間大套房打通成公寓，客廳地毯上有嘔吐物，但是一塊花色與質地看來就昂貴的地毯。像裝潢雜誌會報導的那種波西米亞小資女孩的屋子，每一處都有異國風味收藏品。

皮包信用卡都在，屋裡沒有遺失任何物品，沾有嘔吐物的衣褲客廳就扔下了，浴室裡大小毛巾還在架上。看不出有帶男人回家的痕跡。

女人招呼他坐，不知是為了感謝，還是想找個談話的對象。女人泡了茶醒酒，繼續自問自答，他很窘，她很累，這一夜發生太像夢境，女人偵探般繼續推敲著自己何以至此，隨著推理又說了半年前被男友劈腿的故事，女人沒哭，但話語裡的悲傷令他心堵，他只好等女人把故事說完才告辭，第二天女人把乾洗過的衣服拿來還他，附上了一張卡片，「謝謝你，陌生人。」字跡秀美。

那個假日午後，女人來敲門，給他送來自己烘焙的蛋糕，外型不佳，口味尚可，再隔週，女人送來自己做的海鮮燉飯，他正餓著，吃了也香。他們只是鄰居關係，他可能散發某種濫好人的形象，也或許女人需要一個壯漢。女人請他幫忙安裝窗簾桿，也修過堵塞的水管，又一次女人來敲門，說要到上海出差，可否麻煩他幫忙餵貓澆花，不知因為軟弱或好奇，女人的要求或給予他都接受。五天四夜裡，他每日早晚，開門進屋，餵貓、換水、清貓砂，陽臺上大小十多盆植物，澆水、除草、撿拾落葉，他做得順手，簡直回家一樣。他小偷似地溜進女人的臥房，真凌亂，他得忍耐才能不把地上的衣物撿起來，但他還是把廁所垃圾給倒了，不可思議的是，女人把保險套就放在床頭，他許久沒使用這東西了，拿起來手上掂量，他想起第一夜女人的裸體，想起女人說，與男友分離，使她只能與酒吧裡的陌生人上床。他撫弄著未拆封的保險套，看著凌亂床鋪上女人亂扔的絲質睡衣，他在臥房裡轉悠，以為自己會像青春期那麼興奮地對著褻衣打手槍，但他甚至沒硬，就走出了臥房。

最後一天下午，他到鎮上鑰匙行把她備用鑰匙拷貝了一份，也不知道為什麼，他握著那把鑰匙，感覺所有一切順理成章，毫無罪惡感。

他要開始寫她了。

光是這個念頭，突然使他整部小說都靈動起來，這不屬於他的人生，為他筆下的小鎮吹了一口氣，街道上行人走動，故事裡每個人都有了位置。

他想過可以有更方便的做法，就是跟她談場戀愛，那麼，她就會心甘情願將自己過往人生故事全數傾吐，他可以正大光明進出她的屋子，他可以翻閱檢視讀取她的身體、心情、生活，她的夢境，但他做不到，他敢於在她屋裡翻箱倒櫃，卻羞於對她提出約會，更根本的問題在於，他不愛她，連假裝也沒辦法，況且她看來也沒有愛上他。

日復一日，他望著螢幕敲打鍵盤創造她，抽象想像變成文字描述，偶而出現在眼前的她變得像是另一個人了，他已習慣透過想像來觀察理解她，他在小說裡描寫她每日搭末班捷運回家，週五晚上跟朋友去喝酒，每週一到兩次，會有不同的男人來過夜，他描述她散漫地脫衣、儀式般地泡澡、像擁抱愛人那樣抱貓、嘔心瀝血似地酒吐，床鋪上與酒吧及網路上釣來的陌生人興致昂然或興趣缺缺地性交，他用想像力跟蹤她到上班地點，跟蹤她去跟朋友聚會，跟蹤她在夜店流連，他進入她內心的密林，最不為人知的領域，他書寫她的歡愉、悲傷、憤怒、傷感、無力、孤獨。

對於這個幻生而出的女人，最掃興的就是她的聲音，被菸酒喊叫破壞過度的沙啞，且習慣粗鄙言詞，雖然由此也可以顯現他的寫實功力不足，過著這樣生活的女人，怎還可能擁有一副嬌嫩嗓音，但他縱容自己在小說裡寫下，「即使被菸酒磨損，她的聲音仍帶有令人心顫的甜美。」

謊言。

他撫摸著螢幕，企圖感覺就在對門的她，想像她撫摸著貓，感覺指尖有電流通過，她突然轉身，彷彿感受到他無所不在的的目光，她焦躁地起身，到浴室把熱水放滿，她來回踱步，她焦躁抽菸。他飛快記下她的內心流轉，這個女人不知道自己在小說第六章，將要與他小說裡的某一個男主角相識，孤獨的她，將要再經歷一次失敗的戀愛。

小說進行第三個月，他收下女人兩個蛋糕，三道菜餚，在走道與門廊間寒暄至少十一次，女人多次邀他喝茶喝咖啡，他始終沒進屋，她的備用鑰匙一次也沒用上，那只用於打開他的想像。

有一陣子女人沒來按門鈴了，他寫得正順手，第六章收尾，小說裡的女人正在經歷摧肝裂肺的失戀，走到海邊，海浪撲地翻捲上岸，幾乎要將她捲走。

下午時間精神正佳，他因為寫作順利生活完全變得穩定，突然門鈴響了，「還會有誰？」他猛然想起又是一週週末，又到了她送食物來的時光，「別過來！」他心中大吼。

他把頭埋進雙手裡，閉耳不聽響亮的門鈴聲，他假裝不在家，他不可能在要讓女人面臨跳海衝動時打開門接收她送來的蛋糕。

不可以。

他赫然想起自己也不可能於完成小說之後繼續住在這個屋子，他要如何繼續與女人當鄰居又能出版這本書呢，然則這世上除了此處他無處可去，正如她，除了這個公寓，也無處容身，但她不該、也不能在這小說之外的地方繼續與他聯繫。

門鈴繼續響動，如第一晚她的降臨，那種固執的揿摁，非常熟悉。

他終於打開門，門外活生生的她，畫著淡妝，衣著清麗，神情溫柔，但對他而言，這女人陌生恐怖猶如鬼魅，兩週不見，小說裡她已經行走得好遠，有了無數發生，現實裡的她，似乎也變了，是轉向他所不理解的方向。

他們在門口談話，他沒有邀她進屋，女人嬌羞說：「我交男朋友了，他說也想認識你，謝謝你的照顧，我們正在吃火鍋，要不要過來一起？」

他痛苦地閉上了眼睛，想著自己必須在一秒之間回應，他想把腦海裡這個畫面抹去，或者更乾脆的辦法，忽視她，眼前這一切本就是她的人生，但即使真實的遭遇亦無法改變他的寫作，更何況，他不相信她這麼快可以得到幸福。

不可能。

他還記得那夜她如初生的女子赤裸裸出現，酒醉的、狼狽的、孤獨的，無可救藥的她，完全符合他需要的角色。

他說：「我回房換個衣服」。女人微笑點頭轉身回屋。

他想，應該立刻開始打包，火速離開這個屋子。他繼而又想，其實也都無妨，根本可以大方過去吃飯，然後回房把她寫死。

他脫下衣物，換上的也跟原先沒有太大不同的乾淨衣褲，走到女人門口舉起手準備敲門，他聽見屋內隱約的歡聲笑語，隱約的，像從遙遠的山間民家飄向海邊的炊煙，小屋門口有人對遠方的他打著旗語，「一切的祕密都在其中」，海浪捲向他，他猛地想起或許慢慢將自己淹死的人是他自己。

唉。

他想起他曾經描繪那個必將走向荒敗的小鎮，想起鎮上的人物命運的交纏，想起自己方才說話時喉嚨的啞澀乾痛，這是太久沒有說話導致，他放下舉起的手，返身回到自己的住處，他安心坐定桌前，小說還等著他，一點也不會因為女人的戀愛而逃走。他可以回到最初那一天，女人從生活與小說降生之前，把她的故事從小說裡取消。

或繼續由自己編派下去。

他發出乾乾的笑聲，很安心理解且終於接受，事情得從頭來過了，可能再一個五年、十年，也或許就是下個月，他會在電腦前靜坐到油盡燈枯，直到他這荒寂無謂的生命燒盡為止。

獨身

Célibataire

黃崇凱

獨身

C

字母會

楊先生站著吸菸，身後是往二樓書店的階梯，夾在藥妝店與名牌精品店間，連口鼻飄升的煙都被夾得細細的，感覺到兩個便衣隨伺在後。駱克道上遊人似潮，浪來波去，他緩緩舉起指間的菸，抽一口，慢慢放下，煙霧如薄紗散去。他頭上是書店「長期五折」的藍色店招，擡頭正對著SOGO百貨的大面廣告看板，很想邀便衣一同來抽兩根菸，給他們打菸點火，像久未見面的業務客戶，扯點近況。但其實香港人多圍在路邊垃圾筒吸菸，像他這樣站在馬路邊抽菸雖不違規，一看就知是外地遊客。想到七月拜訪香港書展，引了點風波，著實感到有些歹勢。匆匆參訪了幾家書店主人，匆匆返回臺灣。相隔幾個月再來，主要幫一家甫創立的新媒體做點視頻短片，介紹香港二樓書店給臺灣讀者（第一點：香港的G樓係指地面樓，就是臺灣的一樓，所以香港的一樓就是臺灣的二樓，以此類推。第二點，所謂「二樓書店」只是泛稱，大多書店其實在三、五樓之上，位於七、八樓的也有），讓他們知道，香港不止有飲茶、燒臘、雞蛋仔、古惑仔或迪士尼樂園，在這小小的密集的城間樓盤，還有幾十家各具特色的書店。

就說才跟他談完話的林先生吧。由於他對林先生濃重的粵腔國語口音略隔閡，好些話聽不清楚，但不要緊，兩個人還是談得滿愉快。林先生說，他往年到臺灣總是跑臺北談業務、找書，根本沒機會出臺北，到其他地方走走。很高興有機會跟臺灣同行交流。林先生說自己只讀到小學，成績平平，但平素喜歡睇書，做過一些其他搵食，還是想到做書一行。託友人進了書店做發行、跑業務，找些學校行號合作展售，待過兩家書店，後來跟朋友借了十多萬港幣開了自己的書店。

林先生說自己話不多，做書店生意全憑勤快，有時除了推薦自己欣賞的作家、作品，也得想想本地人可能需要什麼書。例如香港人愛賭馬，人人說得一口馬經，可是一般人對馬這種動物的理解未夠班，他就找來臺灣出版的張慧士《馬事通鑑》。林先生說，這書一進書店，不知消息怎麼傳的，來客一人買兩本送朋友，這兩個朋友又再來各買兩本送人，就這樣在書店賣掉兩千本，嚇到出版社。他只知道作者是出身河北，待過軍隊，輾轉到臺灣長住下來，根本不知其他信息。林先生說，自己偏好小說、文史哲類書籍，但為了經營書店沒辦法，總得找幾本書撐業績。統一後幾年，書市大好，書櫃擺滿北中國共黨政治黑幕書、南中國蔣氏政權揭密著作，專門賣給南來北往的遊客。如今網路購書便利，海量資訊流通，漸漸失了生意。書店重新規劃櫃位，回到文史哲書刊老路，有些年得靠各地找來買斷的庫存書低價搶市，風險大。他跟太太兩人一同做，賣書利潤薄，不敢請人，年輕時有力氣可以扛幾十箱書上上下下，現在年紀大了，書店再做也沒幾年。他們聊開了，談到港臺兩邊不同的閱讀取向和風氣，林先生說，沒辦法，香港地方小，出版的多樣性不夠，得靠中國大陸、臺灣方面供應各種需求，尤對臺灣的地方出版活力印象深刻。林先生私下對楊先生的遭遇深表同情，大家不過好好從事自己本業，怎會因銷售批評國家領導人的所謂誹謗書，就惹禍上身。現在都民國一〇六年囉，誰也想不到臺灣省政府做事這麼粗暴蠻橫。這些話當然只能檯面下說，要不楊先生可能連視頻節目都做不了。

楊先生說，臺灣現任省長力求表現，目前是爭取提名首都市長的有力候選人，國民、共產、民進三大黨仍然在國民大會、立法院中你爭我奪，加上這兩年全國省長、直轄市長即將改選，這盤政治大棋戲，不是吾等小民可以理解的複雜。誰都知道臺灣省長正在以各種方式搏版面，儘管作風鐵血，頗有爭議，但曝光機會高，傅省長的酷吏名號遠近馳名。林先生說，我知，你們臺灣人係不係常講「副省長是鄭省長，正省長是傅省長」，反過來說都通，好玩啊這話。楊先生只能苦笑。

楊先生與林先生算同代人，兩人皆六十上下，雖是同行，若非此次事件，他們也不可能認識。楊先生回想當時的決定，就是爭一口氣，怎麼也該公開說出來，讓大家公評。畢竟中華民國是亞洲第一個民主共和國家，創立初期國運多舛，經歷日本侵華戰爭、接著國共內戰，分隔長江兩岸分成南北中國，好不容易在民國八十六年（一九九七）和談統一，英國正好送回殖民百年的香港做為祝賀大禮，誰能料想二十年來的民主轉型歷程仍是跌跌撞撞。楊先生回想年輕時候到臺北外雙溪東吳大學聽錢穆先生客座講課，閱讀其《國史大綱》和《八十憶雙親、師友雜憶》等書，總想到錢先生說的「天不佑我中華」。若是日本軍國主義者不發動瘋狂的戰爭，若是國共兩黨不同室操戈，我中華民國早已是雄立於世界的王道大國。

楊先生這麼想雖然對那些臺灣本土派朋友不客氣，但臺灣特殊的日本殖民歷史經驗、冷戰時代的西太平洋島鏈戰略位置，統治者必然要壓抑本土意識的興起。過往包含臺灣在內的南中國，在國民黨治下有高壓的白色恐怖；北中國同樣有共產黨高壓的紅色恐怖，兩種左右極端，一樣結果。唯一只有香港成了南北中國角力夾縫間的自由地帶，容許雙方的宣傳在此緩衝租界交鋒。要到近十多年來，風氣稍開，臺灣才有空間漸漸能談點二二八事件以及其他白色恐怖時期的冤錯假案。而他一介在臺北經營小書店的普通人，不過銷售一些披露當今執政黨魁及總統過往曾任情治人員嫌疑的著作，就被扣書、封店，甚至查稅、查水電費什麼爛招都招呼過來了。楊先生氣不過，找了立委開記者會，公布個人財產資料、收到的查扣公文，指控省政府在省長授意下「依法行政」壓迫人民。但誰都知道，這麼一鬧騰，只是助長傅省長治臺有術的聲威，反而落得自己再做不了書店生意。

楊先生抽完一根菸，踩熄菸頭，撿起菸蒂，收進手邊的咖啡罐。兩人攝影小組拍完所需畫面，正好下樓，一道搭上的士回酒店休息，準備稍晚搭機返回臺北。上車前，兩個便衣在約莫十公尺處，一人講手機，一人仍注視著他們。楊先生知道他們執勤辛苦，每到一處就要回報或交接給管區，隨時有便衣跟著，簡直像他帶隊逛書店。他待在林先生的店內時，外頭落起大雨，從窗外望見便衣們縮成一團躲在對面百貨公司騎樓，他數了數，一共九個(正在交接嗎？)。同時疑惑著這些人怎麼都穿素色排汗衫或雜牌Polo衫，下身多是深色西裝褲與皮鞋。他想或許這跟監任務強度不高，而他真的不過是走逛書店，與各家店主聊聊經營，談談書，錄製系列短片。

他手握浮著菸蒂的咖啡罐，還是託攝影助手至鄰近超商買來請便衣們喝飲料剩下的，人嘛，彼此都留點餘地才好。這是他大半輩子做書悟出的道理，做人如同做書，做書就是做人。

林先生引香港作家舒巷城的詩句：「我沒見過／屈膝的書檯，／雖然我見過／屈膝的讀書人。」鼓勵他，別氣餒，別忘了當初為什麼入行做書店。楊先生在那間小小的店內，空間有限，卻可以感受到店主的細心：嚴重退燒的政治黑幕、權謀書擺在靠後的櫃內，迎門擺的則是新儒家如牟宗三、唐君毅等前輩哲人著作，以及李劼、黃仁宇、余英時等人的長銷作品。林先生不似他那麼欽佩錢穆，說是錢穆看待歷史文化的觀點太傳統，不夠現代，他學生余英時出國留洋還好些。但林先生舉起《毛澤東私人醫生回憶錄》搖了搖，說這才真暢銷，政治強人的私生活誰都有興趣看看。他們聊起陳冠中，林先生說陳生寫香港還是我輩人之中最深刻，近作《建豐二年》設想了國民黨從國共內戰勝出，一九四九年一統神州江山的架空歷史，想像那個平行世界的一九七九，饒富興味。這其中樂趣，很大一部分來自對照真實歷史，你看看，南北中國雖以長江分界對峙多時，本也可能發展成那種局勢。楊先生想起臺灣有些常客，說的是當年臺灣若在二戰後獨立建國，也不會遭致這種進退不得的僵局，有人比喻說臺灣之於中國，就像沖繩之於日本，真是沒戲唱。

那些朋友愛舉前幾年蘇格蘭獨立公投做例。就像結婚離婚嘛，當事人你情我願有何不可，大家好聚好散是吧，人類文明要有進步才對。結果公投結果以些微差距續留在大不列顛國，繼續被英格蘭人騎在頭上。不到兩年，英國脫離歐盟的公投卻過關了，所有人都傻眼，等著接受脫歐條約一一簽署，辦完手續。但臺灣的狀況不可能如此，尤其在全國統一之後，世界都覺得中國和平崛起了，中央政府更不可能放棄對臺灣島的掌控。但奇怪的是，歷任臺灣省長恰好都屬於力求表現型，拚命招商、大開優惠租稅條件，蓋核電廠、設立加工出口區，乃至科技園區，一面用力清洗日本殖民痕跡，一面卻心存感激地利用著日本殖民時代的基礎建設，讓原處邊陲的臺灣散發耀眼光芒。楊先生想到，過往書店有個常客愛引電影《猜火車》的名句以言志：當個臺灣人比當一坨屎還賽。有人不喜歡中國人統治臺灣，我不會。他們只是A錢的爛貨。但我們卻是被這種爛貨踩在腳下的二等爛貨。我們沒文化，我們的文化都是那邊混不下去的底層漢人傳過來的次級品，我們的媽祖，我們的關公，我們的孫悟空都是。奇妙的是，說這些話的常客卻是個高山族，但他堅稱自己是屏東好茶出身的魯凱族，是以百步蛇和雲豹為精神象徵的原住民，誰跟你全部混在一起當山地同胞啊。高山倨老師的族啦。

楊先生不免在意另一家二樓書店老闆偶然聊及的林先生：點講呢，用佢哋臺灣人諺語就是「恬恬吃三碗公」，咁講嘅對吧。就是跟太太感情淡了，兩人同居不同房，林先生長年睡在客廳，做書做到夫妻失和（真是文化差異，香港人以為吃三碗公是度量很大的意思呢）。他自己又何嘗不是。統一後這些年，南北兩邊像連通管，交流日益頻密，楊先生認識南來找機會的東北妹子，就這麼留在書店，幫忙接單、寄書業務，算工讀生薪資。他自己家庭不和樂，早跟東北妹子好上了，另賃一房，平日不回家，太太和孩子居然隱忍下來，相安無事。直到之前召開記者會，楊先生被各家媒體放大檢視，記者到處採訪鄰居、友人。讀研究所的兒子受訪說，平時沒交集也不會聯絡，我大學畢業時有出席觀禮。其實他在外頭怎麼樣都好，我們早習慣他長年不在家，淨守著書店。小時候有印象他有段時間打烊後，就在店裡打地鋪，將就睡，再後來就不曉得了。楊先生讀了報導，感謝兒子沒把家暴的部分抖出來。

其實真動手就兩、三次吧，每回事後都極懊悔，不斷掌摑自己怎麼會對太太揮拳，下那樣的重手。但他想起拳頭重擊妻子嬌小骨架、柔嫩臉頰的觸感，印滿勁頭力道，好像控制不住，會上癮，變成一個不斷施暴的男人。他讓自己跟家庭離得遠遠的，躲進書的世界，他就不會傷害任何人。

那次警察帶人來書店查扣書刊，他口頭抗議無效，橫著身體隔擋，被幾隻健壯的手移開，他揮拳，踢腿，扭動身軀，想到掄拳痛打妻子的微妙興奮感，卻很快遭到制伏，整個人被壓制在冰涼的大理石地板，磕得下巴瘀青、咬破嘴皮，身上幾處擦傷，雙手被反扣在後，雙腿彷彿被巨石壓住。有個警察多踢他兩腳，堅硬的鋼頭鞋碰到他軟弱的口鼻，立刻拍出血痕。警察等到他緊繃的身體軟了，才稍微放鬆，他嘴裡不饒人喊著：我們不是民主國家嗎？我們不是統一了嗎？現在是民國幾年啦你們還以為自己是以前警總這樣亂來！帶頭的警官冷眼看他，不搭腔，他眼睜睜看著滿櫃政治黑幕暢銷書一塊被抄收。其實那些書在他眼裡一文不值，他甚至厭惡擺出這些書的自己，不過虛張聲勢罷了。領隊的瘦子看上去約莫五十開外，遞來單據要他簽名，他耍脾氣大力揉皺紙丟一邊，擺明不簽。那位警官走去撿起來，手撫了撫紙面攤平，笑咪咪說，大哥您就簽了吧，您也知道我們只是打下手辦事，上頭要我們這麼做，我們這種低階公務員哪有什麼說不的自由您懂的吧。楊先生撇頭不看他，帶隊警官說，收隊。

楊先生望著店內的書架，政治八卦爛書全沒了，擺在庫存房間的存書沒了，客戶預留書架上的也被清空了，只剩下他真心喜愛的那些小說、人文社科類著作。進門處那本余英時最近的論著《論天人之際：中國古代思想起源試探》還好好以書封正面站著示人。但從這本可知哲人已老，再無過往刺激人心的創發能耐了。都什麼時代了，還在以德國哲學家雅斯培老掉牙的「軸心時代」來談論中國古代思想。與從前那部小書《從價值系統看中國文化的現代意義》相比，簡直是大大退步了。是否人老了，總會想追究歷史、文明從哪裡來又要往哪裡去的大哉問？他胡亂想著這些從沒想清楚過的思想論題，空洞地預見書店的漸漸瓦解。後來的查漏稅、查水電費或土地產權調查，不過是加強他放棄這家書店的外在緣由。他心裡明確知道，自己守著這家書店不過是逃避而已。逃避做為一個人夫、人父的責任，逃避全部生而為人的負荷，拿層層書牆來阻擋外面的世界。

是想通，也是醒悟，反正書店做不下去，索性就收掉轉手。好歹店面是自己的，收租勉強過得去。楊先生在被新媒體找上前，過了幾個月平淡日子，發覺自己對書的執念逐漸淡了，一本書放到眼前，看與不看，懂或不懂，不再讓他動心起念。單純面對一本書，單純翻翻，有意思就停下來想想，繼續看下去；沒意思就不強逼硬讀，闔上，放回書架，另尋一本。他日到住處附近的圖書館，在一桌桌準備公務員考試、升學考試的讀者圍繞下，隨意瀏覽書刊，想著自己有多久不再以怎麼行銷、陳列、折扣的眼睛來閱讀一本書。偶然翻到民國藏書家鄭振鐸的《失書記》，看他當年怎麼買書、保護書，如何在戰爭中搶救文獻資料，說那些劫中得書的故事。巴金一邊懷念也要一邊消遣鄭振鐸：「敵人的槍刺愈來愈近了，我認為不能抱著古書保護自己，即使是稀世瑰寶，在必要的時候也不惜讓它與敵人同歸於盡。」但讀著一個書癡的隨筆，為著偶然得書的狂喜，失書的大悲，也有些感同身受。儘管那些民初琉璃廠書肆流轉的明代雕版書、箋譜之類珍本古書，距離他的知識與趣太遠，多少能體會那種披沙揀金的淘書樂趣。畢竟他見過太多那樣的顧客表情。楊先生最感共鳴的仍是那篇短短的〈失書記〉，開篇說：「二十多年來，因為研究的需要和個人的偏嗜，收購了不少古書。一部部的從書店裡挾在腋下帶回來，都覺得是有用的。但一到了家，翻閱了一下，因為不是立即用到的，便往往將它向書箱裡或書櫥頂上一塞。有時，簡直是好幾年不曾再翻閱過。書一天天的堆積得多了。書箱由十二只而二十餘只，而五十餘只，而至一百餘只，放在箱子裡的書還有不少。因為研究的複雜，搜羅材料的求全求備，差不多不棄瓦石和沙礫。其實在瓦石和沙礫裡，往往可以發現些珠玉和黃金出來。」

楊先生有時會懷念這樣的顧客。正是這類愛書人才會不斷回頭來買書，聊書，與坐在櫃檯後的他閒聊。那些被他們買走一時沒看的書，總以為有用的一天，有看的一時，平時堆著有如廢品，轉到真有急用的人手上，就寶貝得不行。那位自稱魯凱族的常客就是如此，只要跟少數民族有關的題目，說什麼都要蒐集到手，就連據說同族的歌手沈文程的早期黑膠唱片也要收藏。他做書店多年，經手、過眼偌大數量的書，早失卻了當個純粹讀者的心思。如今一切歸零，重又回到最初書與自己的簡單關係，只是借閱，只是接收、交流書裡的訊息，藉著想點事。楊先生回到漆黑的家，點了燈，又關了燈，點了燈，又關了燈。接著他打開筆電，點開網路上沈文程名曲〈心事誰人知〉，輕輕跟著哼，唱著「如今想反悔／誰人肯諒解」，東北妹子不久前離開了，他本來以為這沒什麼，誰都來來去去，自己還不是離開了那個家。副歌反覆唱著「男性毋是毋目屎／只是毋敢流出來」，他正對著屋內唯一發光的物體，感覺內心的燈被開開關關，最終還是暗了下來。

評論

Célibataire

潘怡帆

獨身

C

字母會

卡夫卡致菲麗絲（Félice Bauer）的書簡中，曾提及想搬到誰也不見的地窖裡。地底的房間四面無窗，唯一的出入口終日緊閉，只有在正確的時刻，菲麗絲會帶著水煮馬鈴薯做為晚餐，前來探訪全心創作的卡夫卡。此奇思異想日後成為《地洞》（*Der Bau*）的初胚，另一個日後是，卡夫卡因商業旅行的緣故租到一個四面無窗的旅館房間，但事實上他一刻也無法忍受獨自待在那只由牆壁構成的密室裡。作品通過背叛作者的現實說明它無關乎生理的孤單一人（isolé）、無聊或孤高靜心的修養，而是由書寫的獨身條件構成的作品孤寂（solitude）。作品的孤寂指向一切經驗的無限鄰近性（proximité），例如從卡夫卡的書寫中，讀者察覺作者對孤寂的渴望。然而，鄰近不是等同（identité），卡夫卡本人對孤寂的毫無忍受使讀者先前的領會與作品意旨擦身而過，原先以為只有一步之遙的作品，再次變得深不可測，它一腳踢開讀者的詮釋，使讀者墜入無法理解的孤寂深淵。不可企及的作品孤寂，源自書寫的獨身條件，它通過闡明事件而背叛事件。「獨身」的命名，同時指向「不應獨身」的雙層語義，宣稱「獨身」同時是對「非—獨身」世界的召喚，使它從一個完整的概念（全人、個別人、主體）蛻成不完整的概念。獨身的在場總已同時指出「它所應當是卻不是」的雙重語境，它做為不完整在場隱含著另一層未被說出或說完的意義。獨身的不完整，非來自外在對它的剝奪，做為獨身，它沒有可再被剝奪之物，弔詭的，它通過給出多於自身的假想與暗示導致自身的不足，換言之，獨身自我否決。獨身先拉出「伴侶」概念作為背景，再與之背反地成為獨身，通過背叛它自己設下（召喚）的制度與規約，它成為一切建置的背叛者，因為它已預先自我背叛。獨身因此以映射一切「它所不是」，徘徊在「非此非彼」的道路上，它做為書寫的條件，通過「不足」吸附意義，通過「自我背叛」取消意義，由是，它確保了作品無法被再現的孤寂，與永遠可能無限鄰近它的至極渴望。如此致命的吸引力，構成諸位小說家字母C的文學狂舞。

陳雪的字母C以五指交扣的密合度，編織出「獨身條件」的雙影獨舞。重複兩次的「缺少」如卡農（Canon）般的主調提示，在這篇「一人」小說裡，不斷複誦著成雙的影像：兩次離開（一次從城裡離開、一次從夢中離開）、兩個小鎮（一個住的、一個摹描的）、兩次門鈴（一次是女人出現、一次是女人將離開）、兩個主角（一個寫小說、一個被小說寫）……，狀似對稱的在場，實則一實一虛，一人分飾兩角，主從莫辨。數目的講究遍布在字裡行間（兩個文學獎、二十個人物、三十二個夢境、一百零六條訊息……），除了故事裡的小說家（主角）筆下正在進行的一個作品之外，物件的數量逐漸翻倍。從一到多的不斷繁衍，暗示著起源的獨身（一人）而已，它們無非是從小說中翻出的幻影，卻逐漸與現實融合一氣，如同小說家在作品中填入女主角之際，他家對門也誕生了另一個女人。弔詭的是，亞當原是用自己的肋骨創造夏娃，男小說家筆下的女人卻是以他為原型的書寫，與他相同的逃離、孤寂和年齡，住同一個小鎮、同一間房與相近的職業……，他們雖然看似一男一女，但卻其實是同一人，而非伴侶。隨著鄰家女人的出現，小說家筆下的女人逐漸跑形，他們仨起初還算一致，鄰家女人偵探般縝密地講述了自己前半生的故事，給小說家筆下的女人補了身世。接著，筆下的女人似乎遷往隔壁女人家，比起小說家，它更近似隔壁的女人，開始烤蛋糕、燉海鮮飯、養盆栽，她穿著絲質的睡衣，睡在凌亂的臥房裡……，小說家發現筆下的小鎮空氣終於開始流通，人群開始走動。然而，他的主宰權卻也因隔著兩道門，愈漸降低。他眼睜睜地看著他們從相像變回不像，從同一個變回兩個女人，一個戀愛，一個失戀。「不像」違反了小說家的意志，他早已決定她們是同一個，因此難以忍受正在失控走向幸福的，現實生活中的那一個。她應該一如他，小說家獨身的原型，不該尋覓伴侶，因而他想寫死稿紙上的這個，以便弄壞對門那個。然而，當亞當手扼夏娃頸項時，小說家卻感覺自己呼吸的窒礙，他握住的不僅只是筆下女人的頸子，也是自己的頸子，他久未說話的喉嚨啞澀，極其相似於鄰家女人飲酒過量的沙啞。正是在這裡，讀者恍然大悟，小說家這篇自編自導自演的作品，其實從未脫離獨身，然而，一個世界已然光燦完整。如是，我們驚豔於小說的創造力，它以絢麗的開展，遮掩未曾離開過的原點，如同從玫瑰緊緻的核心旋開趨近無限的花瓣漩渦。這也是陳雪在小說開場給出的暗示，「一定是缺少某個重要的關鍵人物」，「缺少」做為「關鍵」的終極狀態使作品的書寫能永恆環繞著虛空而作，一再地重新展開。

「這是一個他：走出旅館，……。這是另一個他：穿過旅館大廳，跳進櫃檯後，……，像在自己的房間裡。這是一個最近即也最過往，……，像同一名不斷被墮去的孱弱嬰孩。」小說末了的兩個「他」像雙頭蛇般，朝著未來（從旅館離去的他）和過去（回旅館值班的他）的兩端撕裂，瞬間，童偉格構成這幢百年旅館（一百零七年全年無休）的建築透視圖轟然矗立眼前：字母C。故事一開始，主角「他」準備前往櫃檯，舉報一場雨，隨著他的曲折漫遊，旅館的形象逐步清晰，「他」行走的路線如同構造圖，築起了旅館，他的描述如同蜿蜒在長廊上的感應燈光，讓旅館一處接一處的部分顯影。蓋旅館的方法是地誌學式的，那既需要地理學式（從鋪地毯的長廊、防火梯、一樓、大廳……一路走到櫃檯）的觀察，也需要運轉式（他不斷地舉報與文件無止盡的漂流）的說明，以便使建築環繞「他」的一舉一動而展開。童偉格透過描述「他」建造旅館，因為「他」即旅館。更仔細地看，旅館內的描述，不斷相互構成同一條互通的甬道，旅館的房間（沒有喝到一半的茶，沒有寫到一半的信，沒有任何一點細節，使這房間看起來，有一點像是主人剛剛離開……，但肯定馬上就會回來的暖意）以相似的敘述，重複著曾經出現在櫃檯前的描述（沒有放置任何像是「五分鐘即回」的告示牌，電腦關機，紙張整齊壘好，檔案夾一個個乖乖放妥，所有抽屜皆好好闔上……。像是打掃完畢下班去了的態勢）。房間與旅館如同鏡像兩端，相互折射出同一與單一個空間，旅館既內在於房間中，也外在於它，反之亦然，而將這兩個不同空間疊合而一的正是他「與另一個回返的自己錯身」。走出房間，準備去舉報一場雨的他，與舉報未果而返來的他，在門口錯身，「未帶鑰匙卻關上門」的他預告著「歸來卻進不了門」的他的未來，舉報未果的他預告著前去舉報的他的未來。他們構成彼此的過去與未來，使差異的時間（舉報與未果）與空間（櫃檯或房間）成為一再相互進入的循環甬道，他、他（那人）、房間、旅館於是扭成同一條莫比烏斯帶（Möbius band）。一再地從房裡走到櫃檯，一再地勾勒旅館的形貌，如此全年無休的前往／返回，以運動使旅館矗立。這暗示著旅館其實不在場，在場的是他的「不斷移動」，然而，構成整篇小說，看似堅實的他，其實也不在場，如同童偉格在小說開場時，給出的終極預示：「誰是那人？他不知道。那人的確切長相……。其實該說：他們不只一人，這些排班在櫃檯後輪值的人。他們有相當複雜的班表，對他而言，非常地不可預期」。人稱「他」有別於「我」或「你」的可指認性（「你」透過相對於「我」建立其可指認性），「他」可以是任何人，因而成為無可指認的無臉人。無論「我」或「你」都具有排他性，一旦有人稱「我」，他人則無法同時稱「我」，否則便會導致混淆，然而，「他」卻不受此限，可以無限倍增。一部小說中，除了「我」和「你」之外，其他的角色全都是「他」，因而童偉格說，「誰是那人？不知長相、不只一人、輪值與不可預期……」，因而「他」如同小說末了，可以既離開旅館又只在旅館之中。如同通過並非旅館的「他」構成旅館，通過不確定是誰的「他」構成他，疊層的幻象築起名為「小說」（fiction）的旅館，在旅館存在之處，旅館消失。

狀似相同以建築（廟或旅館）為主題的顏忠賢，他的「獨身條件」（字母C）更顯現在各種「不對稱」（dissymétrie）的切換之間。不對稱背反於對稱，它指出系統（對稱）的失效，否定既存規約，通過凸顯無法被納入規約或系統的特點，使應當平衡或運轉順暢的機制失衡，換言之，它是由增加條件所導致的機制失靈或否定。「不對稱」對規約的否定，並非指向取消規約，因為規約一旦消失，則不對稱無法被察覺，確切地說，沒有規約或對稱，則沒有奠基在對稱之上而顯現的「不對稱」。「對稱」因此作為「不對稱」的根源，「不對稱」是「對稱」的增加，增加「不——」。然而，此種（否定性的）增加，不加強對稱性，恰恰相反，每次增加都是對「對稱」規約的重新肢解，因為「不對稱」以「異」（dis-）於「對稱」（symétrie）瓦解規約。因而，顏忠賢小說的畫面儘管愈拼愈豐富，卻出乎意料地沒有烘托出熱鬧的畫面：「那是一個廟，也是一個旅社。但是，那裡其實不是廟，也不是旅社」或「〔廟〕變成了一個人家以為老了的廢墟。但，這個廟不但……沒有廢，甚至，也沒有老」。小說中的詞語狀似對稱的不斷翻倍，其實卻通過「否定」一再掏空字詞的內涵（是廟？還是旅社？是廢還是沒有廢？），狀似概念的賦予（什麼是廟？什麼是旅社？什麼是廢？什麼是沒有廢？），其實更接近棒打概念地使「字」（mot）「義」（sens）分離：廟不再是廟，旅社不再是旅社，住在旅社的廟公究竟是使旅社變成廟，還是使廟公變成旅館業主……。不相稱意義的倍增書寫使每個字失去其對稱的固定意義，注銷了每個字的可理解性，它蛻成獨身條件的書寫，如同小說裡的每個人物：管廟的廟公其實是旅館業者、阿嬤其實只是遠房的嬸婆、冒牌的廟婆真的會醫病⋯⋯。所有可辨識的身分與其說是標誌出對象，毋寧更接近造了一座座的空殼，它招攬各種靈魂前來頂替，如同「廟公」職務的傳承、旅館房間的換客、廟宇對神的接送⋯⋯，顏忠賢通過替反覆的字詞加上不對稱的描述掏空字的意義，或確切地說，使所有意義皆可借屍（字）還魂，如同小說所言，廟裡既可住神也可住鬼，旅館既可住人也可住神，字的意義不再堅固而是到處有縫，誰住進去了，誰便「一定可以補起來」。於是，熱鬧歡騰卻不對稱的敘述造就了空洞的作品遺址，它日夜被不同國度、語言、階層、思想⋯⋯的遊客填充，成就截然不同的內心感動與意義，它仍舊不屬於任何人，甚至不屬於自己。因為用來區辨邊界的字義也是使邊界游移的字義，由是，作品再不可能被破譯，再不可能被窮究地陷入永恆孤寂。

黃崇凱的字母C寫香港、寫臺灣、寫中國，卻也不寫香港、不寫臺灣、不寫中國，乍看熟捻的地方，通過小說的鏡像倒置與重新編寫（統一的兩岸三地、言論自由的香港與政府強力監控的臺灣省……），相互縫接出哪裡也不是的「非—境」（non-lieu）。如同作者所言，此處是G樓，不是一樓，是「二樓」書店，但「其實在三、五樓之上，位於七、八樓的也有」或者，臺灣的「副省長是鄭省長，正省長是傅省長」……，相似又相悖的語言遊戲暗示著小說書寫的終極宿命，它是極度鄰近於任何一處的「絕對非境」。非境並非避世的世外桃源，不是西方的彼世樂土，它無關乎憑空揑造的領土，而是任何地方的不是，是所到之處的喪失，是此時此刻此地的就地消失。非境因此不是關於前往何處的問題，而是對此時此地的處決，是使此處即他處的總在「非境」，如同路易斯．卡羅（Lewis Carroll）的愛麗絲（Alice），以夢境否決睡眠，以遊歷否決靜止，黃崇凱的楊先生，通過尾隨他而來的臺灣特務，把香港易地為臺灣，通過臺灣省的歷史回顧，使小說裡的臺灣遠離當下，通過書店被查扣的翻箱倒櫃，抖散了原本匯聚成包袱的一家人……。小說主角楊先生入境的香港，不再是香港人林先生迎接他的香港，他們踏在同一方土地，卻像陰陽交界的雙方：被驅趕到封印裡的與看不見封印的兩個不同世界。然而，楊先生也從未「處於」臺灣，他在充斥監控視線的臺灣裡一反臺灣狀態地大鳴大放，在鐵血政府的看管下，銷售披露當今執政黨魁過往曾任情治人員的著作……，與「此地風俗」不符的舉止，使他永恆地處於「非此非彼」的非境之中，如同卡繆（Camus）的《異鄉人》（*L'étranger*）。更確切地說，非境從來不是地方的問題，而是「哪裡都不對或不是」的格格不入與絕對孤寂，楊先生擺脫不了非境，非因監控，非因移動，而是因為他即非境，他就是那永遠無法離開的「此地不在」。從「不在」之處離開是不可能的，因為任何實踐「不在」的離開，都是對「不在」的返回，如同楊先生以異地漂移對「非境」的一再驗證。通過小說，黃崇凱虛構「非境」，它即使狀似這裡，即使相反於那裏，都早已成為非此非彼的非境之境，那是以虛構在場訴說空缺的絕對虛構。

小說以卡夫卡《城堡》的模式展開，胡淑雯字母C以「是……還是……，粉紅、一半、中途、還沒、待業……」開場。描述不斷遷徙往另一處，離開原有的狀態或關係，使已固定好的邊界一再消失。卡夫卡在《城堡》中使前往目的地的道路不斷岔出歧途，使近在咫尺的終點不斷向後倒退、變形成為遙不可及的幻影城堡。胡淑雯小說裡的小冠也卡陷在「是男是女」的界線上，於是構成這篇永遠在路途上、朝向未知奔馳、無法被任何結局收編的、永恆的「此境遠離」。作品的獨身不斷遠離想像，跨出陳套關係之外，前往另一個世界，崩潰既有的邊界，收納下一個更為巨大的世界。《城堡》裡的K與其是想抵達城堡，毋寧更接近是對所有關係的排拒，無論是因為不耐煩、不聽話或不忠貞等理由，因而無法符合任何制式規定以便抵達城堡，他徘徊在一切關係外。胡淑雯小說裡的小冠同樣不斷離開自己被歸屬的身分，他想成為男性卻不需要擁有屌，他離開「張婉宜」的原名，離開工作，甚至離開女友，卻投向另一個男人小路的懷抱。他確實發覺自己愛上小路，卻又因為無法安於做「男人的女人」，因而必須痛苦的離開。《城堡》裡的K不是因為愛上了別的女人，才拋棄已到手的女人弗麗達，而是無法安於任何穩定的關係，如同小冠不是因為不愛小路，而是被「必須離開」所驅使才離開。因而當小路問他：「你那樣對我，你剛剛那樣對我，是因為你太正常，還是因為你太不正常？」答案既不是正常，也不是太不正常，而是「不是『不太正常』的那種女人。」「不……不……」的雙重否定指向第三種解答與第三種關係，不是「是非黑白」的二分，而總是新生的第三條道路。而這正意味著作品獨身的思考，它否定一切既有的邏輯，崩潰所有想像的途徑，蝕去邊界之限，重建另一種思考景觀。每一次閱讀這樣的作品都是無法重複的經驗，因為每一次重新閱讀都會產生新的想法，作品建立關係的同時已經離開，它在說明意義的同時背叛所說，如同小冠離開梅子或小路，那是一種命定的離開，是為了構成新的關係與自我的永恆運動。

黃錦樹的字母C以獨身條件扣問孤寂的本質，乍看類比式的疊套，卻由於不同意義的浮現而成為彼此的鏡像，以極其相似卻相違之意交錯成互不通透的孤寂，那亦是孤寂對孤寂的背叛。小說中的隱遁者以兩種相互背反的存在狀態構成四種世界，「隱遁者」進出在不同的意義間格格不入，預示了悲劇般的孤寂命運。隱遁者原是為了建國戰爭潛入叢林，在單兵游擊中，他從未感到孤寂，因為他的世界與他站在一起，每一次的力搏都齊聚眾人之力，在他獨身的背後隱遁著國家的眾身影。走出叢林後，他乍然發現世界離他遠去，他的不妥協被那前腳已邁入和平的下一個世代所回絕，他只能返居叢林，成為第二種意義的隱遁者。他以叢林為界切出兩種國度，成為離群索居的隱遁者。他蛻成與世間格格不入之人，拒絕婚姻、傳宗接代、資本主義、人的器物和語言……，他棄絕文明，成為世人眼中的非我族類，戲中人、神經病，甚至四腳蛇，他被劃入叢林的那邊，再無人的特質，毋須被提防，亦無法被看見。他只存在於傳說，比起親眼見證，更接近在虛空中描摹。然而，隱遁者的孤寂恐怕不在表象的獨身條件，亦非他與文明的決裂，而在於他無法擺脫「生而為人」的禁錮。與人世決裂的隱遁者，用鳥語談天，用蛙鳴歡歌，以母猴為伴侶，為她命名、給她臨終的親吻，他思考死亡，替未來挖墳，公平正義仍銘刻在他的基因裡（還諸於外勞的利益、拯救慘遭襲擊的馬來少女），禁欲折射「反生理」的人文性（而非動物性）……。隱遁者以叢林的方式複製人世，使叢林成為人世的鏡像，如同荒野中魯賓遜（Robinson）命名了「星期五」（Friday）的意義，叢林「蠻荒」的想像映射出最深潛的「文明」建置。因而，隱遁者的最大孤寂並非切割，而是無法切割，如同孤寂是無法自我運作的概念，唯有背叛孤寂的懸念才永恆輪迴在孤寂的詛咒之中。當卡夫卡說：「沒人理解我」，與其說這是作者對讀者的切割，毋寧更接近作者希冀被世人接納而非拋棄的孤寂。隱遁者的孤寂其實不在獨身的表面，而在他放不開人世，不在他自己構築了孤寂，而在他其實不甘寂寞地背叛了自己選擇的孤寂，直到他死亡的瞬間，「感覺一陣大歡喜，一放鬆，乒乓乒乓，卸下了一身骨肉」，他不再通過「對峙」想念世界，而是與它合二為一，從此，再聽不見來自另一端的孤寂喧囂，而是消聲匿跡地再無孤寂。

駱以軍以「過場戲」構成字母C裡的作品孤寂。過場戲是為重點場子做為鋪墊的零碎串場，它不涉及關鍵情節，無關乎構成事件，唯獨與「潛返日常」有關。它雖短暫如曇花一現，卻不因此彌足珍貴，而是過了算了的棄之不可惜，它是紅花旁的綠葉、B咖或背景，是等待的時光、垃圾時光、候診時光或所有無意義的放空時光。過場戲不同於犯罪現場的重建，「重建現場」通過觀看事件的眼睛，放大且慢速回放每個環節，使乍看尋常的細節閃爍著顆粒均勻且頻率一致的犯罪光芒，彷彿所有元素都不偏不倚地導致或醞釀了那起重要事件的爆發，這因此是事件的共謀，而非在事件之外。與此相反，「過場戲」是事件與事件的間歇，它是使人從事件的震撼中恢復的冷卻期，是對事件的無感或暫時抽離，是與事發經過不一致與不均勻的節奏，也是駱以軍通過「永遠不會進入到你的小說裡」的漂浮場景而構成的本篇作品。小說裡，每個角色的傳奇時刻或英雄系統皆被奇妙地屏蔽，即使是乍看豪氣干雲的「大姊」，一杯「洗過姊啊身體」的騷辣黃酒再怎麼氣勢萬鈞，也不敵她曾是臺灣刑案史上大魔頭的情人，曾在眾目睽睽（媒體直播）中被送入「外國武官官邸」會情郎……種種驚濤駭浪的事蹟。又或，原本是高中古惑仔山雨欲來的對戰，一轉身，切換成貓捉老鼠的落跑事件，補習班大暴動的監獄風雲，輾轉變調成「誰該帶走偷來的小型滅火器」的同儕推托……。所有使他們可能在下一瞬間急轉直下變身主角、英雄或仙女的關鍵事件，都被作者偷偷做掉、搓掉或摘掉（我多年前已寫過、沒有任何值得寫的、蒸發了、消失了、那算什麼……）。他讓過場無限期延續，無高潮使時間被拉長放緩，故事人物如同無法交棒的接力者，耗盡續航力，暴露它們與世界的接縫：日常。占據篇幅的小奸小惡如此相似於一般人的日常，那是作品與讀者最鄰近的時分：指出群眾的過場戲。過場戲以無限鄰近日常做為橋梁，使讀者能潛入作品，與之合二為一地變身項羽，變身趙子龍。然而，卻也總是在作品中的輝煌時刻暴露了讀者（日常）真實的品種，那像是在暴動中撞見「平日隱藏在安靜人群那陰鬱沉默的長條課桌椅間」的狠角色，或是意圖把滅火器噴射掉卻始終摁不下板機，最終被彈射出英雄程式，拋出作品之外。過場戲原來是讀者進出作品的缺口，在往返道路的恍惚間，瞥見那將臨的非人與神聖光輝，那使讀者確知遠方有光，與光的不可企及，使我們不可自拔地親近光源，卻又一次次握不住光的跌出作品之外。在如此周而復始的摔落中，我們見識到作品的孤寂，那不是致福的靜心，亦非悠閒時光的日常，而是拚了命卻觸不到距離，是駱以軍從日常的無盡延伸到看不見事件也跨不進作品的無限遙遠。於是，當感受到這條鴻溝之際，我們就學會一些關於藝術的事。

七位作者通過差異質地的小說書寫，錯落出作品「獨身條件」的書寫思想。「獨身」既與生理無關，亦非疆域畫界，而是徘徊在不斷努力，嘗試磨合，卻無論如何都無法適切的終極孤寂。

作者簡介

◉**策畫**

楊凱麟

一九六八年生，嘉義人。巴黎第八大學哲學場域與轉型研究所博士，臺北藝術大學藝術跨域研究所教授。研究當代法國哲學、美學與文學。著有《書寫與影像：法國思想，在地實踐》、《分裂分析福柯》、《分裂分析德勒茲》與《祖父的六抽小櫃》；譯有《消失的美學》、《德勒茲論傅柯》、《德勒茲，存有的喧囂》等。

◉**小說作者**（依姓名筆畫）

胡淑雯

一九七〇年生，臺北人。著有長篇小說《太陽的血是黑的》；短篇小說《哀豔是童年》；歷史書寫《無法送達的遺書：記那些在恐怖年代失落的人》（主編、合著）。

陳雪

一九七〇年生，臺中人。著有長篇小說《摩天大樓》、《迷宮中的戀人》、《附魔者》、《無人知曉的我》、《陳春天》、《橋上的孩子》、《愛情酒店》、《惡魔的女兒》；短篇小說《她睡著時他最愛她》、《蝴蝶》、《鬼手》、《夢遊1994》、《惡女書》；散文《像我這樣的一個拉子》、《我們都是千瘡百孔的戀人》、《戀愛課：戀人的五十道習題》、《臺妹時光》、《人妻日記》（合著）、《天使熱愛的生活》、《只愛陌生人：峇里島》。

童偉格

一九七七年生，萬里人。著有長篇小說《西北雨》、《無傷時代》；短篇小說《王考》；散文《童話故事》；舞臺劇本《小事》。

黃崇凱

一九八一年生，雲林人。著有長篇小說《文藝春秋》、《黃色小說》、《壞掉的人》、《比冥王星更遠的地方》；短篇小說《靴子腿》。

黃錦樹

一九六七年生，馬來西亞華裔，一九八六年來臺求學。著有短篇小說《雨》、《魚》、《猶見扶餘》、《刻背》、《南洋人民共和國備忘錄》、《土與火》、《烏暗暝》、《夢與豬與黎明》；散文《火笑了》、《焚燒》；論文《論嘗試文》、《華文小文學的馬來西亞個案》、《文與魂與體》、《謊言或真理的技藝》、《馬華文學與中國性》等。

駱以軍

一九六七年生，臺北人，祖籍安徽無為。著有長篇小說《女兒》、《西夏旅館》、《我未來次子關於我的回憶》、《遠方》、《遣悲懷》、《月球姓氏》、《第三個舞者》；短篇小說《降生十二星座》、《我們》、《妻夢狗》、《我們自夜闇的酒館離開》、《紅字團》；詩集《棄的故事》；散文《胡人說書》、《肥瘦對寫》（合著）、《願我們的歡樂長留：小兒子2》、《小兒子》、《臉之書》、《經濟大蕭條時期的夢遊街》、《我愛羅》；童話《和小星說童話》等。

顏忠賢

一九六五年生，彰化人。著有長篇小說《三寶西洋鑑》、《寶島大旅社》、《殘念》、《老天使俱樂部》；詩集《世界盡頭》，散文《壞設計達人》、《穿著Vivienne Westwood馬甲的灰姑娘》、《明信片旅行主義》、《時髦讀書機器》、《巴黎與臺北的密談》、《軟城市》、《無深度旅遊指南》、《電影妄想症》；論文集《影像地誌學》、《不在場——顏忠賢空間學論文集》；藝術作品集《軟建築》、《偷偷混亂：一個不前衛藝術家在紐約的一年》、《鬼畫符》、《雲，及其不明飛行物》、《刺身》、《阿賢》、《J-SHOT：我的耶路撒冷陰影》、《J-WALK：我的耶路撒冷症候群》、《遊——一種建築的說書術，或是五回城市的奧德塞》等。

◉ **評論**

潘怡帆

一九七八年生，高雄人。巴黎第十大學哲學博士。專業領域為法國當代哲學及文學理論，現為科技部人文社會科學研究中心博士後研究員。著有《論書寫：莫里斯・布朗肖思想中那不可言明的問題》、〈重複或差異的「寫作」：論郭松棻的〈寫作〉與〈論寫作〉〉等；譯有《論幸福》、《從卡夫卡到卡夫卡》。

字母會——A——未　來

A COMME AVENIR

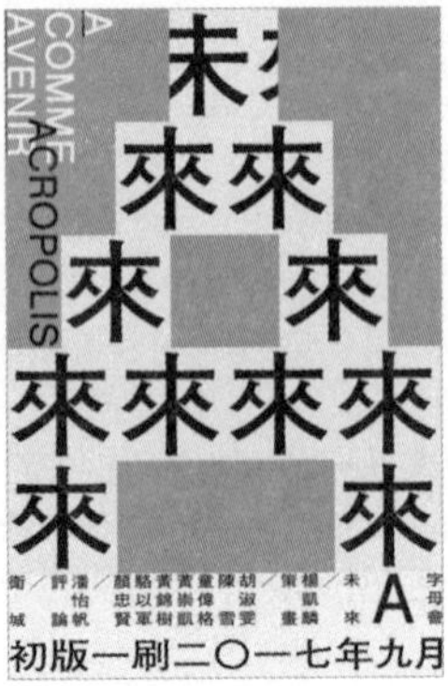

除了面對尚未到來的人民，
不知書寫還能做什麼？

未來意味著與當下的時間差，小說家必須在時間差當中飛躍，以抵達眾人尚未抵達之地。黃錦樹以馬來半島特殊的鬥魚，從物種面臨的殘酷生死中，反應人對死亡的恐懼；陳雪描述生命的故障與修復，有未來的人也是會邁向死亡的人；童偉格描述死亡無法終止記憶，甚至成為一再回溯的萬有引力，陳述人邁向未來之重；胡淑雯以童年的結束，描述未來是如何開始的；顏忠賢筆下的人是在荒謬與無謂的等待狀態中被推向未來；駱以軍以旅館的空間隱喻死後的場所；黃崇凱則將人類移民火星的未來新聞化為事實。

字母會——B——巴洛克

B COMME BAROQUE

一種過度的能量就地凹陷成字的迷宮

迷宮無所不在，無所不是，巴洛克以任一極小且全新的切點，照見世界各種面向，繁複是因為它總是在去而復返，它重來卻總是無法回到原點。童偉格以回覆眼鏡行寄來的一張廣告明信片，建構記憶的迷宮；黃錦樹以一如謎的情報員隱喻殖民地被竊走與被停滯的時間，所有的青年從此只是遲到之人；駱以軍以超商、酒館、社區大學與咖啡館等場所，提取人與人如街景的關係，無關就是相關；陳雪的盲眼按摩師從一個身體讀出一生曾經歷的女性；胡淑雯在一起報社性騷擾事件表露各說各話的癲狂；顏忠賢描述人生就是一齣恐怖與不斷出差錯的舞臺劇，只能又著急又同情；黃崇凱則揭開一場跨年夜企圖破紀錄的約炮接力，在迷宮中的回聲不是對話，而是肉體與肉體的撞擊。

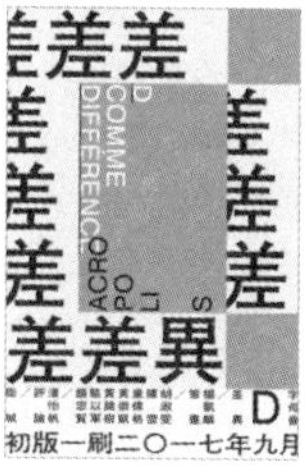

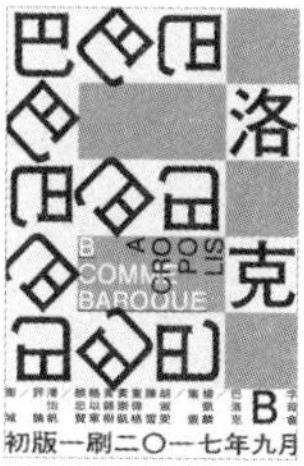

字母會——D——差　異

D COMME DIFFÉRENCE

必須相信甚至信仰「有差異，而非沒有」，那麼書寫才有意義。

差異是文學的最高級形式，差異書寫與書寫差異，使得文學史更像是一部「壞孩子」的歷史。顏忠賢從民間信仰安太歲切入，描繪安於或不安於信仰的心態；陳雪在變性與跨性別者間看見差異與相同；胡淑雯以客觀與主觀兩種口吻，講述同一次性義工經驗；黃崇凱提出電車難題的版本，解答一則主婦與研究生外遇的結局；駱以軍從一對老少配，描述遲暮的女體之幻影如外星偵測；黃錦樹寫革命分子戰爭殘存的斷臂仍書寫歷史不輟，而後蛻化再生；童偉格以最後一個莫拉亞人的經歷，在悲傷的滅絕中仍保持擬人姿態。

字母會——E——事　件

E COMME ÉVÉNEMENT

小說本身便是事件，
小說必須讓自身成為由書寫強勢迫出的語言事件。

小說不是陳述故事，而是透過語言讓事件激烈發生的場域。陳雪以尋找母親，描述一起事件成為生命的ground zero原爆點；童偉格描寫自認為沒有故事的平凡送貨員，卻有著扭轉一生的事件；駱以軍以香港尋人之旅，寫出事件如何製造裂痕導致毀滅；顏忠賢描述瑜珈中心裡罹癌化療、一位如溼婆的女子，思索末世福音的矛盾；胡淑雯在兒童樂園遠足中，揭露專屬兒童的恐懼與壓抑；黃崇凱讓民俗信仰飛出外太空，萬善爺可以當駭客、辦電玩比賽或者去KTV熱唱：黃錦樹以一棵大樹下的祖墳的魔幻事件，見證主角的成人。

字母會——F——虛　構

F COMME FICTION

虛構首先來自語言全新創造的時空，
這是文學抽筋換骨、斷死續生的光之幻術。

虛構不是創造不可見之物，而是可見與不可見之間的戰役，使可見的不可見性被認識，這就是書寫最激進之處。駱以軍以臉書上的「神經病」挑戰記憶的可信度，與讀者共同辯證不可置信故事的真實性；黃崇凱虛構臺灣與吐瓦魯合併下的婚姻，為非常寫實的新移民故事；陳雪讓抑鬱症患者以寫小說拼湊身世，從而看見活過的人生不過是其中一種版本；胡淑雯描述年幼期的跳躍，可能來自一次偶然幾近自我虛構的擾動；顏忠賢講述峇里島魚神帶來的祈求與恐懼，來自於祂在人類腦中放入的一種暗示，信仰有自行啟動虛構的能力；黃錦樹以連環夢境重新編輯時空，夢的虛構也是人類經驗的來源；童偉格以老者的眼光，表白人生如倖存者般，要使曾經歷的一切留存為真。

字母LETTER

駱以軍專輯從字母會策畫者楊凱麟以「pastiche」（擬仿）這個詞評論駱以軍開始，駱以軍在字母會的二十六篇小說，證明他是強大的文學變種人，就像孫悟空一樣，可以自行幻化成無數機靈小猴，不只七十二變。德國哲學背景的蔡慶樺則從康德哲學解讀《女兒》，認為絕美的女兒眾神的毀滅，是這個世界正常化的過程，但女兒們還是可以不遭遺棄，得到幸福。我們將在這篇書評深入理解駱以軍的存在論。長達二萬四千字的專訪，駱以軍細談自己的文學啟蒙、如運動員般地自我鍛鍊，以及對文學發展的看法，並提及這三年面臨的生命崩壞。翻譯《西夏旅館》得到英國筆會翻譯獎的辜炳達，則撰文描述他如何從《西夏旅館》讀到了《尤利西斯》，在著迷中一頭栽進翻譯的艱困旅程，他列舉翻譯這本書的五大難題。透過這四個不同角度，期待能全面而完整地透視這位當代重要的華文小說家。

MAN *of* LETTER

n.[C]有著字母的人；有學問者。

LETTER，字母，是語言組成的最小單位；複數時也指文學、學問。透過語言的最小單位，一個人開始認識自己與世界，同時傳達與創造所感所思，所以LETTER也是向世界投遞的信函；《字母LETTER》是一本文學評論雜誌，為喜好文藝的人而存在。

字母LETTER　駱以軍專輯　2017 Sep. Vol.1
定價150元

字母 04

字母會C獨身

作者——楊凱麟、黃錦樹、童偉格、胡淑雯、顏忠賢、駱以軍、陳雪、黃崇凱、潘怡帆
總編輯——莊瑞琳
責任編輯——吳芳碩
協力編輯——盧意寧
行銷企畫——甘彩蓉
封面設計——王志弘
內頁設計——張瑜卿
排版——宸遠彩藝
社長——郭重興
發行人兼出版總監——曾大福
出版——衛城出版
發行——遠足文化事業股份有限公司
地址——二三一四一 新北市新店區民權路一〇八-二號九樓
電話——〇二-二二一八一四一七
傳真——〇二-八六六七一〇六五
客服專線——〇八〇〇-二二一〇二九
法律顧問——華洋國際專利商標事務所 蘇文生律師
製版——瑞豐電腦製版印刷股份有限公司
初版——二〇一七年九月
定價——二八〇元

國家圖書館出版品預行編目資料

字母會C獨身 / 楊凱麟等作.
－初版.－新北市：衛城出版：遠足文化發行，2017.09
面；　公分.－(字母；04)
ISBN　978-986-95334-0-9(平裝)
857.61　　　　106014555

ACRO POLIS 衛城

字母會 FACEBOOK

填寫本書線上回函

● 親愛的讀者你好，非常感謝你購買衛城出版品。
我們非常需要你的意見，請於回函中告訴我們你對此書的意見，
我們會針對你的意見加強改進。

若不方便郵寄回函，歡迎傳真或EMAIL給我們。
傳真電話——02-2218-8057
EMAIL——acropolis@bookrep.com.tw

或上網搜尋「衛城出版FACEBOOK」
http://www.facebook.com/acropolispublish

● 讀者資料

你的性別是 □ 男性 □ 女性 □ 其他

你的職業是 ______________ 你的最高學歷是 ______________

年齡 □ 20 歲以下 □ 21-30 歲 □ 31-40 歲 □ 41-50 歲 □ 51-60 歲 □ 61 歲以上

若你願意留下 e-mail，我們將優先寄送 ______________ 衛城出版相關活動訊息與優惠活動

● 購書資料

● 請問你是從哪裡得知本書出版訊息？（可複選）
□ 實體書店 □ 網路書店 □ 報紙 □ 電視 □ 網路 □ 廣播 □ 雜誌 □ 朋友介紹
□ 參加講座活動 □ 其他 ______

● 是在哪裡購買的呢？（單選）
□ 實體連鎖書店 □ 網路書店 □ 獨立書店 □ 傳統書店 □ 團購 □ 其他 ______

● 讓你燃起購買慾的主要原因是？（可複選）
□ 對此類主題感興趣
□ 參加講座後，覺得好像不賴
□ 覺得書籍設計好美，看起來好有質感！
□ 價格優惠吸引我
□ 議題好熱，好像很多人都在看，我也想知道裡面在寫什麼
□ 其實我沒有買書啦！這是送（借）的
□ 其他 ______

● 如果你覺得這本書還不錯，那它的優點是？（可複選）
□ 內容主題具參考價值 □ 文筆流暢 □ 書籍整體設計優美 □ 價格實在 □ 其他 ______

● 如果你覺得這本書讓你好失望，請務必告訴我們它的缺點（可複選）
□ 內容與想像中不符 □ 文筆不流暢 □ 印刷品質差 □ 版面設計影響閱讀 □ 價格偏高 □ 其他 ______

● 大都經由哪些管道得到書籍出版訊息？（可複選）
□ 實體書店 □ 網路書店 □ 報紙 □ 電視 □ 網路 □ 廣播 □ 親友介紹 □ 圖書館 □ 其他 ______

● 習慣購書的地方是？（可複選）
□ 實體連鎖書店 □ 網路書店 □ 獨立書店 □ 傳統書店 □ 學校團購 □ 其他 ______

● 如果你發現書中錯字或是內文有任何需要改進之處，請不吝給我們指教，我們將於再版時更正錯誤

____
____
____
____
____

請沿虛線剪下

廣 告 回 信
臺灣北區郵政管理局登記證
第 1 4 4 3 7 號

請直接投郵•郵資由本公司支付

23141
新北市新店區民權路108-2號9樓

衛城出版 收

● 請沿虛線對折裝訂後寄回，謝謝！

ACRO POLIS 衛城出版

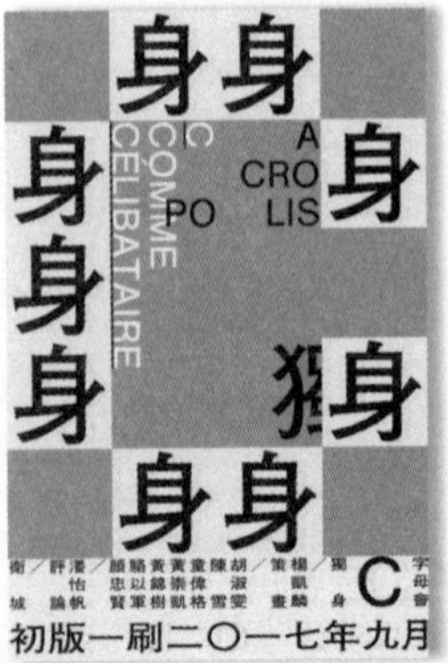